KB206296

번아웃을 지나

점점 푸르게

김은지 지음

이야기
나무

지난 5년 동안 나는 심한 번아웃에 시달렸다

하고 싶은 것도 많고 궁금한 것도 많던 나였는데, 어느 순간 아무것도 하고 싶지 않았고 무엇에도 호기심이 생기지 않았다. 좀 쉬면 괜찮아지지 않을까 생각하며 긴 휴가를 떠났다. 명상을 배우고 요가를 했다. 심리학을 배우고 심리상담을 받았다.

마음은 긴 터널을 지나고 있었지만 겉으로 보기에 나는 멀쩡해 보였다. 사실은 멀쩡해 보이는 척 연기를 했다. 여전히 열심히 일을 했고, 심지어 퇴사 후 창업도 했다. 물론 즐거운 순간들도 있었지만 그 순간을 지나면 곧장 깊은 터널로 들어가곤 했다.

깊은 번아웃과 무기력의 터널을 지나면서도, 나는 늘 어떻게 해야 더 잘할 수 있을지, 다음에는 뭘 해야 할지를 고민했다. 이렇게 무기력한 이유는 내가 좋아하는 일을 찾지 못했기 때문이라고, 내가 관심을 기울일 것을 만나지 못했기 때문이라고 생각했다. 찾아야 했다. 그래서 번아웃을 이겨내고 새로운 삶을 만들어야 했다. 하지만 아무리 노력해도 그럴 에너지가 솟아나지 않았다.

그러다 어느 날 '쿵' 하고, 알게 되었다. 내가 이렇게 뭐든 해야 한다고 생각하는 이유는, 번아웃을 극복하기 위해 찾아온 명상센터에서까지 더 열심히 명상을 하기 위해 애쓰는 이유는, 아무것도 하지 않는 빈 시간을 견디지 못해 창업을 하고 끊임없이 일을 만들어 내는 이유는, 내가 나를 진정으로 믿어주지 않았기 때문이라는 사실을, 내가 나를 진정으로 사랑하지 않았다는 것을 말이다. 나는 누구보다 나 자신을 사랑한다고 생각했지만 사실 나는 일 잘하고, 능력 있고, 열정적인 나를 조건적으로 사랑했을 뿐이었다.

이 진실은 너무 당연하다고 여겼던, 내 삶의 수많은 신념을 새로운 눈으로 바라보게 만들었다. 되고 싶은 나의 관점에서 삶을 바라보는 대신, 있는 그대로의 내가 될 수 있는 삶을 꿈꾸기 시작했다. 내가 원한다고 생각했던 많은 것이 주입받은 욕망이라는 사실을, 외부에서 그토록 찾았던 기쁨이 이미 내 삶에, 소중한 관계 속에 존재하고 있었다는 사실을 알게 되었다.

나에게 번아웃을 극복한다는 건 단순히 몸과 마음에 쌓인, 오래된 피로를 회복하는 것이 아니었다. 그것은 내가 믿던 신념을 통째로 뒤흔드는 것이었고, 두껍게 쓰고 있던 가면을 벗고 맨얼굴의 나를 마주하는 것이었으며, 모든 것이 무너진 폐허 위에 새로운 가치와 신념을 쌓아 올리는 과정이었다. 그 과정에서 적은 글들이 이 책이 되었다. 그러니까 이 책은 나의 번아웃 이야기이자, 번아웃을 극복한 이야기이며, 번아웃이 지나간 자리에서 마주하게 된 완전히 새로워진 나에 대한 이야기이다.

1장

좋아하는 일을
찾아서

인생은 저지르는 자의 것 ──────

대학 시절, 나에게 큰 영향을 준 사람 중 한 명은 스티브 잡스다. 그가 2005년 스탠포드 대학 졸업식에서 한 연설은 당시 대학생이던 나에게 앞으로의 삶에 대한 방향성을 제시해 주었다. 잡스는 자신의 파란만장한 창업과 실패, 도전에 관해 이렇게 말했다.

"일은 인생의 큰 부분을 차지합니다. 삶에서 만족을 찾을 수 있는 유일한 방법은 사랑하고 좋아하는 일을 찾는 것입니다. 아직 찾지 못했다면 안주하지 마세요. 전력을 다해 찾는다면 결국 찾을 수 있습니다."

그의 연설을 몇 번씩 돌려 들으며, 나는 포기하지 않고 도전하면 결국 자신이 좋아하는 일을 찾을 수 있을 거라고, 좋아하는 일만 찾을 수 있다면 그 다음 인생은 술술 잘 풀릴 것이라고 내 방식대로 해석해 버렸다. 그리고 그 말을 부적처럼 믿으며 좋아하는 일을 찾기 위한 여정을 시작했다.

어떤 사람들은 아주 어렸을 적부터 좋아하는 것도, 하고 싶은 것도 분명했다고 하는데, 나는 내가 뭘 좋아하는지 알 수 없었다. 좋아하는 게 아예 없었던 건 아니다. 어렸을 때부터 책 읽는 걸 좋아했고 역사와 윤리를 좋아했기에, 한 때 역사학자가 되고 싶다고 생각했던 적도 있었다. 하지만 철학과를 나와 윤리 교사를 하던 고등학교 진로상담 선생님은 나의 희망찬 꿈을 듣자마자 이렇게 말했다. "사학과나 철학과를 가면 선생님밖에 할 게 없을 텐테, 선생님이 되고 싶어?" 학교에서 하루 빨리 벗어나고 싶었던 나는 학교가 직장이 된다는 걸 용납할 수 없었고, 선생님의 권유에 따라 이과에 가서 수능 성적에 맞춰 공대에 입학했다.

공대 생활은 적성에 맞지 않았다. 이대로 가만히 있다간 평생 내가 좋아하지도 않는 일을 하며 살아갈 것 같다는 생각에 점점 걱정이 되기 시작했다. 어떻게 하면 좋아하는 일을 찾을 수 있을지 고민하던 시기에 어디선가 '인생은 저지르는 자의 것이다'라는 문구를 발견했다. 생각을 많이, 그리고 빨리 하는 나는 무엇인가 시작하기도 전에 머릿속으로 시나리오를 몇 개 만들어 보고 미리 결론을 내버리곤 했다. 그래서 수많은 일을 경험한 것처럼 결론을 내리곤 정작 아무것도 시작하지 않았다. 하지만 저 문장을 만나자마자 마음속에 파동이 일었다. '생각으로는 아무것도 저지를 수 없어. 저지르기 위해서는 행동해야 해!' 하고 말이다.

생각만 하고 행동하지 않으면 내 삶을 살 수 없겠다는 위기의식이 생기기 시작했다. 그래, 뭐든 일단 해보자. 아직 내가 뭘 좋아하는지도 모르겠고, 뭘 할 수 있을지도 모르겠지만, 일단 저질러 보면 뭐든 알 수 있지 않을까? 그렇게 좋아하는 일을 찾기 위해 일단 뭐든 저질러 보기로 했다.

좀 더 이상해져도 괜찮을 것 같아

나의 첫 도전은 홀로 떠나는 배낭 여행이었다. 해외는커녕 혼자 국내 여행도 가본 적 없었지만, 왠지 익숙한 곳을 떠나 낯선 곳에 홀로 떨어지면 지금 여기에서는 보이지 않는 뭔가가 보이지 않을까 싶은 희망이 있었다. 내가 정한 목적지는 태국이었다. 누군가에게 태국이 배낭 여행자의 천국이고, 전 세계에서 모여드는 여행자로 넘쳐난다는 이야기를 들은 적 있었다. 왠지 나와 전혀 다른 환경에서 자란 사람들을 만나면 어떻게 살아야 하는지에 대한 힌트를 얻을 수 있지 않을까 싶었고 무엇보다 재미있을 것 같았다.

여행 준비를 하며 전 세계 청년들이 모여 함께 자원봉사 활동을 하는 '워크캠프'라는 것을 알게 되었다. 마침 태국 남부의 '그린웨이'라는 NGO에서 워크캠프에 참여할 사람을 모집하고 있었다. 다양한 나라에서 모이는 또래 청년들을 만날 수 있다는 사실에 설레는 마음으로 신청을 했다.

그렇게 태국의 한 시골 마을에 전 세계에서 온 10명의 청년이 모였다. 일이 없는 시간에 우리는 쉴 새 없이 수다를 떨었다. 왜 이 여행을 오게 되었는지, 어떤 여행을 했는지, 돌아가서 하고 싶은 것이 뭔지, 앞으로 어떻게 살고 싶은지 등을 말이다.

서로를 잘 모르고 우리에게 연결된 관계가 아무것도 없다는 사실은 오히려 우리를 솔직하게 만들었다. 나는 이때 무슨 이야기를 했을까? 고민만 한가득 이야기한 것 같다. 하지만 아직도 잊히지 않는 친구의 이야기가 있다. 이 친구의 이야기는 당시 내가 가지고 있던 한계를 깨부수고 '어쩌면 나도 할 수 있지 않을까'라는 가능성의 문을 활짝 열어주었다.

일본에서 온 사오리는 현지 NGO에서 2년째 일하고 있었다. 대학을 졸업하고 일본의 회사에서 일하다 맹그로브 숲에 관심이 생겼고, 맹그로브가 많은 태국의 환경 NGO에서 일하기 위해 태국에 건너와서 여기저기 알아보던 중, '그린웨이'라는 곳을 알게 되어서 일하고 있다고 했다. 해외에서 일하려면 영어를 원어민처럼 유창하게 구사하는 건 물론이고 외국에서 대학을 나와야 할 것 같았는데, 사오리는 해외에서 학교를 나오지도 않았고, 영어를 유창하게 잘 하는 것도 아니었다. 그녀가 가지고 있는 건 오직 하고 싶은 것에 대한 확실한 의지과 꿈이었다.

즐겁게 일하는 사오리의 모습을 보며, 내가 그동안 얼마나 조건에 얽매여 살았는지 반성했다. 막연히 해외에서 한번쯤 일해보고 싶었지만, 외국에서 대학을 나오거나 영어를 특출나게 잘하는 사람이어야 가능하다고 생각했다. 나는 그 어느 쪽에도 해당하지 않으니 당연히 안 될 거라고 지레짐작하며 시도조차 하지 않고 포기하고 있었다. 물론 사오리가 운이 좋았을 수도 있고, 내가 모르는 엄청난 내공을 가지고 있을 수도 있다. 하지만, 지레짐작하며 포기해버리면 아무것도 알 수 없다. 어쩌면 내게도 일생일대의 운이 도와줄지도, 혹은 나도 모르던 재능이 불쑥 나타날지도 모르는 일이니까.

학교에 다니며 고민만 하고 있을 때는 보지 못했던 새로운 삶의 가능성이 보였다. 이 세상에는 생각보다 더 많은 삶의 방식이 있었고, 할 수 있는 일이 있었다. 삶은 하나의 정답이 있는 것이 아니라 각자 치열하게 찾아낸 자신의 길이 있을 뿐이었다. 여전히 뭘 하고 싶은지, 내가 좋아하는 것이 무엇인지 정확히는 알 수 없었다. 하지만 좀 더 이상해져도, 좀 더 내 맘대로 살아도, 좀 더 저질러도 되겠다는 생각이 들었다. 왜냐면, 인생은 저지르는 자의 것이니까.

나는 어떻게 직장인이 되었나 ─────

 무모했던 첫 배낭 여행을 마치고 나는 이것저것 하고 싶은 것들을 좀 더 저질러 보기 시작했다. 역시나 가장 해보고 싶은 건 긴 해외여행이었다. 태국에서 만난 사오리처럼 기회가 된다면 해외 NGO에서 일해보고 싶었다. 사오리가 맹그로브에 관심이 있었다면 나는 가난한 사람들에게 돈을 빌려줘 빈곤으로부터 탈출할 수 있게끔 돕는 마이크로 크래딧에 관심이 있었고, 운 좋게 마이크로 크래딧 사업을 하는 인도의 NGO에서 6개월 동안 인턴으로 일할 기회를 얻게 되었다. 그렇게 나는 1년 동안 휴학한 뒤 인도로 떠났다.
 하지만 NGO에서의 생활은 기대만큼 보람차지 않았다. 현지어도 못하고 관련 지식도 없는 내가 실질적으로 도움되는 일은 거의 없었다. 기껏해야 컴퓨터로 파일을 만들고 기관에서 함께 운영하는 여학교에서 "How are you?" 같은 기초 영어회화를 가르치는 정도가 내가 할 수 있는 일의 전부였다. 좌절했지만, 한편으로는 나에 대해 이해하는 시간이기도 했다. NGO에서 일하기 전, 나는 내가 남을 돕는 일에서 기쁨을 느끼고, 사회적으로 의미 있는 일을 하는 것을 좋아하는 사람이라 생각했다. 물론 그건 사실이었다. 하지만 거기에는 전제가 따랐다. 나는 열악한 환경과 박봉을 무릅쓰고 남을 돕기 위해 일할 수 있을 정도로 투철한 사명감이 있는 사람은 아니었다. 사회적으로 의미 있는 일을 하고 싶지만, 그렇다고 나의 업무 환경과 연봉을 타협하고 싶지는 않았다.
 전적으로 타인의 기부에 의존해야 하는 NGO의 생리도 나와는 잘 맞지 않았다. 내가 있던 NGO는 매년 기관에 가장 큰 돈을 기부하던 프랑스의 유명한 소설가를 위해 행사를 열었다. 그는 콜카타의 빈민가를 다룬 소설을 써서 큰 인기를 얻고 돈을 벌었는데, 소설을 통해 벌어들이는 인세를 매년 기부하고 있다고 했다. 물론 소설가는 분명 좋은 일, 대단한 일을 했다. 그들의 기부 덕분에 결핵 환자와 백내장 환자들이 제대로 된 치료를 받을 수 있었고, 어린 여자아이들도 학교 교육을 받을 수 있었으니까. 하지만 1년에 한 번씩 국빈 방문하듯 삐까뻔쩍한 차를 타고 NGO에 방문하는 그에게 기관의 사활이 걸려있다는 사실은 나를 불편하게 했다. 끊임없이 누군가에게 도움을 요청해야 하는 NGO의 생리는 의존하기보단 독립적으로 문제를 해결하고 싶어 하는 나의 성향과 맞지 않았다.

인도 NGO에서의 생활은 절반의 성공이었다. 가기 전에는 내가 인도의 빈곤문제 해결에 기여할 수 있을 거란 엄청난 사명감에 불타올랐지만, 실제로 확인한 건 나는 사실 NGO에서 즐겁게 일할 정도로 박애정신이 투철한 사람이 아니라는 현실자각이었다. 내가 원했던 답은 아니었지만, 적어도 내가 어떤 일을 좋아하지 않는지는 명확하게 알게 되었다. 뭘 좋아하는지 잘 모르겠다면 일단 뭐든 해보면서 좋아하는 일을 찾아보기로 한 내 가설 역시 여전히 유효했다. 이제 NGO가 아닌 다른 좋아하는 일을 찾아야 했다.

뒤처져 보이긴 싫었기에

1년 동안의 NGO 생활과 인도여행을 마치고 한국에 돌아오자, 취업준비를 하는 친구들 사이에 나만 혼자 덩그러니 남겨진 기분이 들었다. 당장 취업을 하고 싶지는 않았다. 인도의 NGO에서 일하며 지속가능한 방식으로 사회문제를 해결하는 사회적 기업에 대해 알게 되었는데, 이 새로운 콘셉트가 마음을 움직였다. 사회적 기업 동아리에 가입을 하니 나와 비슷한 문제의식을 실천으로 옮기는 친구들이 있었다. 어떤 친구들은 이미 창업을 해본 경험이 있었고, 문제 해결을 위해 창업을 준비하고 있는 친구들도 있었다.

나보다 한참 나아간 것처럼 보이는 친구들 사이에서 나는 왠지 모를 자괴감을 느꼈다. 자신이 좋아하는 걸 일찍부터 알고 도전한 친구들이 있다는 사실에 놀랐고, 나는 너무 늦었다고 생각했다. 지금 생각하면 20대 초반은 무엇이든 할 수 있는 나이였기에 말도 안 되는 생각이었지만, 그때는 그랬다.

이렇게 꿈을 꾸고 이상을 실현해 나가는 동아리 친구들 무리의 반대편에는 치열하게 현실의 삶을 꾸려가는 같은 과 동기 친구들이 있었다. 동기들은 크게 세 부류로 나뉘었는데 취업을 준비하거나, 같은 과 대학원을 준비하거나, 진로를 바꿔 의학 전문 대학원 시험을 준비하고 있었다. 나는 여전히 그 어디에도 끼지 못하고 중간에서 부유하는 기분이 들었다. 같은 과 친구들 사이에서 나는 이상적이고 꿈을 쫓는 인간이었지만, 동아리 친구들 사이에서는 꿈만 꾸고 아무것도 하지 않는 방관자가 된 것 같았다.

당시 내가 정말 원하는 건 내가 풀고 싶은 사회적 문제를 해결하기 위해 창업을 하거나, 이미 문제를 해결하고 있는 사회적 기업에서 일을 해보는 것이었다. 아직 서투르고 할 수 있는 것보다 할 수 없는 게 더 많았지만, 적어도 이 분야를 생각할 때에는 설렘이 있었다. 하지만 막상 도전한다고 생각하니 사람들의 시선이 신경 쓰였다. 내가 진짜 하고 싶어서 하는 건데, 번듯한 대기업에 취직하지 못해서 회피하는 것처럼 보지는 않을까 걱정되었다.

현실적인 문제도 있었다. 창업을 하거나 친구가 차린 영세한 사업장에 들어가면 한 달에 백만 원도 벌지 못할 것이 뻔했다. 어쩌면 지금 하는 과외를 계속 하면서 일을 해야 할지도 모르는 일이었다. 하지만 역시 그것보다 더 큰 걱정은 남들의 시선이었다. 돈이야 과외를 열심히 하면 어느정도 충당할 수 있을 테지만, 사람들에게 대기업에 취직하지 못해 이름도 없는 작은 회사에서 일한다는 소리를 들을까 신경이 쓰였다.

나는 다른 사람들의 시선을 별로 신경 쓰지 않고 살아가는 줄 알았는데, 생각보다 남의 평가에 취약한 사람이었다. 어떤 권위에도 얽매이고 싶지 않았지만, 모순적이게도 그 권위로부터 인정받는 사람이 되고 싶었다. 좋은 회사에 다니는 직장인이 되고 싶었던 적은 한 번도 없었지만, 대학생이 할 수 있는 가장 그럴듯한 성취는 좋은 회사에 취직하는 것이었다. 남들이 모르는 이름 없는 회사에 다니면 왠지 낙오자로 보일 것 같았다. 지금 생각하면 말도 안된다고 생각하지만, 당시의 나는 지금보다 조금 더 모순적이고 타인의 시선이 중요한 사람이었다.

그렇게 못하는 게 아니라 안 하는 것이라는 사실을 증명하기 위해 대기업 취업 준비를 시작했다. 뒤늦게 토익을 준비했고 취업스터디도 시작했다. 화학공학과 경제학을 복수전공한 덕에 운좋게 석유화학 업계의 대기업에 들어갔다. 의외로 회사생활은 생각보다 재미있었다. 별 기대가 없었기 때문일지도 모르겠고, 하루 종일 의자에 앉아있는데 매달 월급이 두둑히 들어오기 때문이었는지도 모르겠다. 부모님께 용돈을 드리고 쓰고 싶은 만큼 돈을 쓰는데도, 1년 만에 꽤 많은 돈을 모았다.

회사가 생각보다 좋다는 점은 점점 나를 두렵게 하기 시작했다. 나의 사수나 선배, 팀장, 심지어 임원까지, 함께 일하는 사람 모두 좋은 분들이었다. 입사 1년차에 2주 휴가를 한번에 몰아 유럽에 다녀올 수 있을 정도로 휴가를 쓰는 것에도 관대했다. 물론 일에서 오는 스트레스와 부당함을 느낄 때도 많았지만, 그건 누가 그 자리에 있어도 겪을 수밖에 없었던 일이었다. 『좋은 기업을 넘어 위대한 기업으로』의 저자 짐 콜린스는 '위대한 것의 가장 큰 적은 좋은 것'이라고 이야기한다. 상황이 좋지 않거나 싫다면 벗어나기 위해 노력하지만, 적당히 좋으면 그것에 안주하여 더 나아지기 힘들다는 것이다. 당시의 나는 딱 그 상황에 있었다. 회사는 적당히 편했고, 적당히 좋았다. 이렇게 좋은 걸 그만두고 새로운 걸 시도하는 건 바보 같은 짓이라는 생각이 들기 시작했다.

하지만, 여전히 마음 한구석에는 불편함이 남아있었다. 내가 좋아하는 일을 찾아야 한다는 조급함과, 적당히 좋은 것에 안주하다 삶이 끝나는 건 아닐까 하는 불안감이 차츰 고개를 내밀기 시작했다. 변화가 필요했다.

일단 뭐든 해보면서 배운 것

나는 가슴형 인간을 동경하는 머리형 인간이다. 그래서 가슴과 직관으로 이미 아는 것을 이성과 논리를 통해 설득하기 위해 엄청난 노력을 한다. 결정을 내린 후 뒤돌아 생각해 보면 이미 한참 전에 알고 있었고 그냥 내 직관이 시키는 대로 했으면 되는 일인데도, 끊임없이 생각으로 두려움을 만들며 논리적으로 스스로를 설득하기 위해 노력한다.

퇴사도 마찬가지였다. 입사 2년차가 되었을 때, 나는 이곳에서 아무리 높은 연봉을 받고, 고과를 잘 받고, 1년에 2주씩 해외여행을 갈 수 있어도 행복할 수 없다는 것을 알았다. 하지만 내 논리는 퇴사라는 결정을 받아들일 수 없었다. 회사는 신입사원에게 과분한 월급을 주었고, 나는 신입사원임에도 나만의 전문성을 키울 수 있는 업무를 배정받았으며, 내 사수나 동기, 회사의 선후배와 업계 사람들 모두가 좋은 사람들이었다. 몇 년 더 다니며 전문성을 키우면 더 높은 몸값을 받고 이직할 수도 있었다. 그런데 나는 그 모든 논리적인 설명들로는 이해되지 않을 정도로 행복하지 않았다.

그리고 이 즈음 퇴사의 논리적 이유를 만들어 낼 수 있는 사건이 일어났다. 바로 2011년 동일본 대지진이었다. 당시 사무실에는 누구나 고개를 돌리면 볼 수 있는 커다란 TV가 있었다. 어느 날 조용하던 TV가 갑자기 시끄러워졌다. 대규모 지진과 쓰나미로 인해 수많은 사람들이 죽어가고 있다는 뉴스를 놀란 마음으로 지켜보고 있던 중, 누군가 "가격 많이 오르겠는데요"라고 말했다. 맞는 말이었다. 석유화학 제품의 가격은 공급에 매우 민감하다. 공급에 조금만 타격이 생겨도 가격은 폭등한다. 동일본 대지진은 수많은 사상자를 낸 동시에 일본에 있는 많은 석유화학 공장의 가동을 멈추게 했다. 큰 이변이 없다면 가격은 폭등할 것이고 회사 이익도 증가할 것이기에 성과급도 더욱 많아질 터였다. 그 말을 한 사람 역시 악의를 가지고 그 이야기를 한 것은 아니었다. 나 역시 입으로 내뱉지는 않았지만 자동적으로 내가 판매하는 제품의 수급이 어려워져 판매가가 오르겠다는 생각을 했으니까. 하지만 비극적인 사건 앞에서 내가 판매하는 제품의 가격 변동과 나의 이익을 가장 먼저 떠올릴 수밖에 없다는 사실이 소름 끼쳤다.

비싼 물건을 많이 파는 것이 가장 중요한 목표인 시스템 속에 있을 때, 우리는 나도 모르게 돈을 최우선의 가치에 놓게 된다. 머리로는 그것이 진짜 중요한 게 아니라는 것을 알지만, 매일 제품 가격을 확인하고 이익을 계산하다 보면 자동으로 뇌가 그렇게 작동한다. 이 시스템 속에서 계속 일을 한다면 모든 가치 판단의 기준이 돈이 될 것 같다는 생각이 들었다. 나는 지극히 실용적인 사람이고 돈의 중요성을 모르지 않는다. 겉으로 보기에 무모해 보이는 선택이라도 늘 나의 생존에 충분한 여유자금이 있는지를 먼저 확인했으니까. 하지만, 모든 것을 돈을 중심으로 생각하며 살고 싶진 않았다.

이날을 계기로 나의 퇴사 결심은 확고해졌다. 평생 자영업과 사업을 하며 다양한 부침을 겪은 부모님은 큰 딸이 대기업에서 안정적으로 월급을 받으며 편하게 살기를 원하셨는데, 2년만에 퇴사한다니 절대 안 된다며 결사반대를 외치셨다. 심지어 엄마는 용하다는 점집을 세 곳이나 돌며 점을 보게 했는데, 재미있게도 세 군데 모두 회사를 그만두라는 점괘를 받아 엄마를 머쓱하게 만들었다. 부모님께 퇴사할 거라고 말하긴 했지만, 막상 관두고 뭘 해야 할지는 막막했다. '그만뒀는데 잘 안되면 어떻게 하지'라는 두려운 마음도 불쑥불쑥 올라왔다.

퇴사 선언은 충동적으로 나왔다. 야근 도중 사수 선배에게 잠깐 커피를 마시자고 말했고, 늘 즐겨 가던 카페에 갔다. 머리는 아직 고민하고 있었는데 입이 먼저 떨어져 버렸다. '저 회사 더 이상 못 다닐 것 같아요. 그만두려구요' 그리고 선배 앞에서 펑펑 울어버렸다. 지금 생각하면 그깟 회사 그만두는 게 뭐가 어려웠을까 싶기도 한데, 앞으로 뭘 해야 할지 도무지 알 수 없었기에 컴컴한 터널 한가운데 있는 것 같은 기분이었다.

그렇게 퇴사 선언을 하며 펑펑 눈물을 쏟아버리고, 친구와 함께 소매물도로 여행을 갔다. 통영으로 향하는 야간 버스 안에서 브로콜리 너마저의 <졸업>을 들었다. 이 미친 세상에서 내가 정말 좋아하는 일을 찾을 수 있을까? 퇴사를 기점으로 내 인생이 구렁텅이로 들어가면 어쩌지? 홀가분한 마음과 함께 두려운 마음도 찾아왔지만 이미 주사위는 던져진 후였다.

자발적 88만 원 세대가 되다

미련을 버릴 수 있는 가장 좋은 방법은 일단 하고 싶었던 걸 해보는 것이다. 회사를 다니는 내내 마음에 남아있던 아쉬움은 사회적 기업에서 일해보고 싶다는 것이었다. 학자금 대출도 다 갚았고, 차곡차곡 모은 월급에 퇴직금과 성과급을 합하니 통장 잔고도 꽤 두둑했다. 대학을 졸업하며 남들에게 잘 보이기 위한 선택을 했다면, 이젠 남에게 어떻게 보이든 내가 진짜 해보고 싶었던 일을 하고 싶었다.

마침 아는 언니가 몇 년 전 창업했던 사회적 기업에서 일할 기회가 생겼다. 버려지는 현수막이나 폐타이어와 같은 재활용 소재를 업사이클 해서 가방이나 소품을 만드는 회사였다. 업종은 다르지만 해외에 물건을 수출해 본 경험이 있으니, 이 제품을 잘 홍보해서 외국에 수출해 보면 어떨까 하는 생각이 들었다. 마침 '프라이탁'이 막 인기를 끌기 시작한 터라 예쁘게 잘 만들면 가능성이 있지 않을까 싶었다.

당시 우석훈씨가 쓴 『88만 원 세대』라는 책이 인기를 끌고 있었는데, 그 책의 제목처럼 나도 월급 88만 원을 받으며 일을 시작했다. 일하는 장소가 강남 가운데 가장 좋은 빌딩에서 서강대 근처에 방 2개짜리 다세대 주택으로 바뀌었다. 매일 다양한 메뉴를 골라 먹을 수 있었던 구내식당을 벗어나 식비를 아끼기 위해 매일 당번을 정해 돌아가며 점심을 해 먹었다. 환경은 비교할 수 없을 정도로 열악했지만 일은 생각보다 재미있었다. 해외 편집숍과 가방 수입업자들의 정보를 모아서 콜드 메일을 보냈고, 스웨덴과 홍콩의 바이어와 연락이 닿아 샘플을 보냈다. 홍콩 바이어는 와인 보관 가방의 주문 제작을 요청하기도 했다. 석유화학 제품은 계약 건당 최소 수십억 원을 왔다 갔다 했는데, 가방은 수백 개를 팔아도 천만 원이 되지 않았다. 그래도 이 과정에서 내가 할 수 있는 역할이 많다는 것이 뿌듯했다.

문제는 내가 가방이나 소품에 별 관심이 없는 사람이라는 점이었다. 현수막이 만드는 쓰레기가 잘못되었다는 문제의식은 가지고 있었지만, 그것을 나의 업으로 삼고 내 미래를 걸 정도로 가슴이 뜨거워지지는 않았다. 사회적 기업에서 사회문제를 스스로 해결할 수 있으면 그 일을 좋아할 수 있을 거라 생각했는데, 내가 관심 있는 분야가 아니니 의미 있는 일을 해도 일이 좋아지지 않았다. 퇴사를 한 다음, 뭘 하고 싶은지 진지하게 고민하지 않고 일단 뭐든 시작해 보자는 마음으로 성급히 일을 시작한 것도 문제였다. '인생은 저지르는 자의 것이다'라는 나의 모토는 빠르게 의사 결정을 내리고 일단 시도해 보는 데 도움이 되었지만, 때때로 조급한 마음으로 충분히 숙고하지 않고 결정을 내린 다음 후회하게 만드는 주범이기도 했다. 하지만 이 조급한 결정을 통해 나는 적어도 사회적 기업에 대한 마음속 미련은 해소할 수 있었다.

우리가 하는 건 사업일까 사기일까?

퇴사는 맨 처음만 어렵지 두 번째부터는 그다지 어렵지 않았다. 이미 한 번의 경험이 있기에 퇴사를 위한 논리를 찾기 위해 시간을 허비하지 않았다. 6개월 남짓한 사회적 기업에서의 생활을 마친 후, 다시 뭘 할지 고민하기 시작했다. 그때 나에게는 '동업'이라는 선택지가 있었다. 회사에 다닐 때 업계에서 알던 사람이 1년 넘게 계속 같이 사업을 하자고 나를 꼬드기고 있던 참이었다. 처음에는 신경도 쓰지 않았는데, 뭐든 계속 반복해서 들으면, '혹시?'라는 생각이 들기 마련이다. 그리고 나는 당시 20대 중반, 삶에서 뭔가를 반드시 찾아야 한다고 굳게 믿던 시기였다.

'은지 씨는 저랑 사업을 해야 성공할 수 있어요'라고 1년 넘게 누군가가 옆에서 이야기를 하니 '뭔가 이유가 있지 않을까?', '이 사람은 내가 못 보는 뭔가를 보고 있는 건 아닐까?' 하는 생각이 들었다. 지금 생각하면 그것은 가스라이팅에 더 가까웠지만, 당시의 나는 그런 것을 판단할 수 있는 충분한 경험과 사람 보는 눈이 없었다. 당시 나에게 충분한 것은 시간이었고, 부족한 것은 경험이었다.

그것이 무엇이든 내 삶에 충분한 경험을 준다면 일단 해봐야 한다고 생각했던 시기였다.

그렇게 동업이 시작되었다. 우리는 강남역에 있는 오피스텔에 자리를 잡고 사업을 시작했다. 내가 사업에 동참하기 전, 그는 이미 자신의 고교 시절 친구와 사업자등록증을 낸 후 이런저런 아이템들을 구상하고 실행해 보고 있었다. 그중 하나는 당시 유행하던 소셜커머스의 쿠폰을 재판매할 수 있는 일종의 쿠폰 중고마켓과 같은 서비스였고, 또 다른 하나는 명품 가방의 가죽을 보호해 얼룩을 방지하는 방수 제품이었다. 개발자도 아닌 우리가 온라인 사이트를 운영하는 건 딱 봐도 쉽지 않아 보였지만, 아이디어 제품을 마케팅해서 판매하는 건 충분히 해볼 수 있겠다는 생각이 들었다. 무엇보다, 파워 블로거들에게 무료로 제품을 증정한 후 돌아온 피드백이 꽤 괜찮았던 덕분에 신기하게도 제품이 하나 둘 팔리고 있었다.

사람들의 욕구를 발견하고 그 욕구를 해결할 수 있는 제품을 만들어서 그것을 알아보는 사람들에게 판매해 돈을 버는 것은 꽤 재미있는 일이었다. 명품 가방 영양제는 국내의 수많은 화장품 제조사 중 한 곳에서 OEM을 통해 영양크림과 비슷한 레시피로 만들고 있었는데, 고급스러움을 더하기 위해 갈색 병으로 유명한 명품 화장품과 비슷한 형태로 만들었다. 원가의 수십 배에 달하는 가격을 책정했는데도 사람들은 제품이 정말 좋다며 극찬을 했다. 프랑스어에서 딴 고급스러워 보이는 이름도 한몫했을 터였다.

이것이야말로 21세기 봉이 김선달이 아닌가? 그저 고급스러운 용기에 담겼다고, 이국적인 프랑스 이름을 가지고 있다고, 무료로 상품을 받은 파워 블로거들이 좋다고 이야기하는 후기를 썼다고 상품이 잘 팔린다는 사실이 신기하면서도, 조금 무서웠다. 잡지사에 제품을 보내면 짧게 토막으로 실어 줬는데, 그걸 발판 삼아 다른 잡지사에 제품을 보내고, 또 그걸 통해 면세점이나 명품숍 같은 곳에도 입점 제안서를 썼다. 그럼 신기하게 그 내용을 믿고 긍정적인 반응이 돌아왔다. 원가율이 턱없이 낮은 덕분에 쉽게 샘플을 뿌릴 수 있었는데, 사람들이 보는 건 이 제품의 실제 가격이니 아무리 작은 샘플을 받아도 고맙게 생각하며 리뷰를 남겨주곤 했다.

사업과 사기의 중간 어딘가에 서 있는 느낌이었다. 판매는 점점 늘어갔고, 이대로라면 국내 유명 면세점에도 입점할 수 있을 것 같았다. 그런데 물건이 잘 팔릴수록 점점 불안해졌다. 원료도 잘 모르는 제품을 비싸게 팔고 있다는 사실, 내가 가진 명품 가방에는 무서워서 바르지 못할 제품을 좋다고 홍보하며 팔고 있다는 사실에 죄책감이 느껴지기 시작했다.

그러다 문득 내가 첫 직장을 퇴사한 이유를 떠올렸다. 파는 제품은 달라졌지만 내가 하는 일은 본질적으로 달라지지 않았다. 아니 지금은 내가 믿을 수 없는 제품을 좋다고 팔고 있으니, 마음의 죄책감까지 더해진 터였다. 게다가 지금 내가 판매하는 제품을 더 많이 팔기 위해서는 사람들의 불안과 욕망을 자극해야 했다. '비싸게 산 명품 가방을 더 소중하게 보호하기 위해서는 이런 제품을 써야 해', '이 정도 제품을 써야지 명품을 스마트하게 관리하는 거야', '명품을 쓰면 우리 제품도 같이 써야지'와 같은 메시지를 던지며 마케팅할 때마다 스스로를 속이고 있다는 생각이 들어 괴로웠다. 내가 가치를 느낄 수 있는 일을 하기 위해 퇴사를 했는데, 돌고 돌아 나는 내가 할 수 있는 일을 하면서 안주하고 사람들에게 불안 마케팅을 하고 있었다.

이 사업을 통해 부자가 되면 행복할 것 같아?

사업은 계속 성장하고 있었다. 어딘가 잘못되었다는 생각이 들었지만, 그만두기는 어려워졌다. '이렇게 열심히 해서 점점 매출도 늘고 있는데, 지금 그만두는 게 맞나?', '열심히 노력한 성과를 조금이라도 누려야 하지 않나?'라는 욕심이 들었다. 머릿속에 뒤죽박죽 엉켜버린 생각들을 정리하고 결단을 내려야 했다. 이 일을 통해 얻을 수 있는 건 돈밖에 없다. 그런데 만약 이 일이 정말 잘 돼서 수십억 원을 벌고, 부자가 될 수 있다면 나는 정말 기쁠까? 아니, 오히려 죄책감에 괴로울 것 같았다. 내가 믿지 않는 제품을, 사람들의 불필요한 불안과 욕망을 자극하며 팔아서 부자가 된다고 한들 행복하거나 떳떳하지 않을 것 같았다. 그렇다면 답은 정해졌다. 사업을 그만두었다.

첫 퇴사로부터 1년 반이 지난 시점이었다. 다양한 것을 시도하다 보면 내가 좋아하는 일을 찾을 수 있을 거라 믿었는데, 여전히 내가 하고 싶은 일이 무엇인지 알 수 없었다. 도대체 뭐가 잘못된 걸까? 결국 내가 누구인지 결정하는 것은 나의 선택과 행동이지 나의 말이 아니다. 나는 내가 좋아하는 일, 그리고 사회적으로 가치를 주는 일을 하고 싶다고 말했지만, 결국 내가 선택한 일들은 그 당시 선택지가 주어졌기에 내가 할 수 있는 일이었다. 대기업과 사회적 기업, 그리고 창업까지 겉으로 보기에는 다양한 경험을 하며 주체적인 삶을 산 것처럼 보였지만, 나는 사실 내 앞에 주어진 선택지를 수동적으로 선택했을 뿐, 스스로 내가 원하는 것이 무엇인지 탐색하고 나에게 질문을 던지면서 무언가를 얻기 위해 노력하지 않고 쉬운 선택을 반복하고 있었다. 다시 같은 실수를 하고 싶지는 않았다. 이제는 내가 선택할 수 있는 것을 선택하는 것이 아닌, 스스로가 선택지를 만들어야 할 때였다.

통장에는 1,500만 원 남짓 한 돈이 남아있었다. 이 돈이 떨어질 때까지 나 자신에게 시간을 주기로 했다. 내가 정말 하고 싶은 것이 무엇인지 알기 전, 단지 선택지가 내 앞에 주어졌다는 이유만으로 덥석 선택하지 않겠다고 결심했다. 할 수 있는 일, 나에게 쉽게 주어지는 일이 아니라 내가 진짜 하고 싶은 일에 도전해 보자고. 그렇게 인생 첫 백수의 시기가 시작되었다.

아무런 제약이 없다면, 뭘 하고 싶어?

백수가 되면 인생이 끝날 줄 알았다. 그런데 이게 웬일인가. 막상 백수가 되니 너무 좋았다. 태어나서 처음으로 경험하는, 아무런 소속도 의무도 없는 시기였다. 물론 마음이 복잡할 때, 이대로 영영 내가 좋아하는 것을 찾지 못하고 영영 백수로 지내는 건 아닐까 불안해질 때도 있었다. 그럴 때마다 달리기를 했다. 처음에는 1분을 달리는 것도 숨이 턱턱 막히고 힘들었는데, 신기하게 쉬지 않고 달릴 수 있는 거리가 조금씩 늘어나기 시작했다. 달릴 수 있는 거리가 조금씩 늘어나는 것처럼, 지금은 막막해 보여도 계속해서 찾는다면 어느 순간 숨이 탁 트이듯 가고 싶은 길이 보일 것이라는 확신이 들었다.

시간이 많으니 여기저기서 열리는 재미있는 모임에 참석하고, 사람들과 독서 모임도 했다. 평일 낮에 노천 카페에 앉아 책을 읽고 합정과 상수 사이를 걸어 다녔다. 아무런 소속이 없다는 것이 이토록 자유롭다는 걸 처음 알았다. 하지만 나에게는 중요한 미션이 있었다. 내가 하고 싶은 일을 찾아야 했다. 지금까지는 나에게 기회가 주어진 일을 했다면, 이제는 내가 정말 좋아할 수 있는 일, 나에게 진짜 의미 있는 일을 찾고 싶었다. 지난 시행착오의 경험을 복기하며 세 가지 조건을 세웠다.

가장 중요한 첫 번째 조건은 내가 좋아하고 의미가 있다고 여기는 분야여야 한다는 것이었다. 나는 직무보다는 회사가 본질적으로 만드는 가치가 중요한 사람이었다. 뭐든 빨리 배우는 걸 잘하기에, 새로운 직무가 뭐든 적응할 자신은 있었다. 하지만 내가 좋아하지 않는 분야를 좋아할 자신은 없었다. 회사의 분야가 내가 관심 있는 분야이고, 회사가 만드는 가치가 사회에 긍정적인 변화를 불러오는 것이 중요했다.

두 번째는 빠르게 성장하는 회사여야 했다. 성장이 정체된 회사에서는 대개 매년 같은 일이 반복되니 빨리 싫증을 내는 내 성격과는 맞지 않았다. 게다가 성장이 정체된 회사에서는 개인이 쑥쑥 성장하기 어렵다는 것을 석유화학 회사를 다니면서 절실하게 깨달은 참이었다. 나는 빠르게 성장하고 싶었고, 그걸 위해서는 회사의 성장 속도도 빨라야 했다.

마지막은 돈을 잘 버는 업계여야 했다. 처음부터 나에게 높은 연봉을 주지 않아도 괜찮다. 내가 정말 하고 싶은 일을 하기 위해 연봉을 희생할 각오는 되어 있었다. 하지만 적어도 내가 성과를 냈을 땐 정당한 보상을 받고 싶었다. 사회적 기업에서는 주말을 반납하며 열심히 일해도 회사가 돈을 벌지 못하니 직원이 가져갈 수 있는 월급도 적었다. 당장 연봉은 높지 않아도 회사가 돈을 잘 번다면 성과로 증명해서 연봉을 높일 자신은 있었다(딱히 근거는 없었지만 왠지 그럴 수 있을 것 같았다). 성과 좋은 직원에게 보상해주기 위해서는 회사가 돈을 잘 벌어야 했고, 회사가 돈을 잘 벌기 위해서는 돈이 흐르는 업계에 몸담는 것이 중요했다.

이렇게 세 가지 조건을 정한 다음, 일하고 싶은 직장이나 해보고 싶은 사업 아이템을 찾기 시작했다. 당시 자주 했던 질문은 '아무런 제약이 없다면, 혹은 평생 먹고 살 돈이 있다면 무엇을 하고 싶은가?'였다. 지금까지 늘 현실에 타협하는 선택을 했다면, 서른 살이 되기 전에 한 번은 타협하지 않고 진짜 내가 하고 싶은 것을 상상해

도전하고 싶었다. 만약 잘 되지 않는다면 현실적인 건 그 때 생각해 보기로 했다. 나에게는 1년 정도는 꿈을 찾아 도전할 만한 돈과 시간이 있었다.

우주가 나를 향해 문을 열어줬다

정말 아무 제약이 없다면 뭘 하고 싶은지, 어떻게 살고 싶은지 생각할 때 계속해서 떠오르는 것은 해외에서 다양한 사람들과 함께 일하며 살고 싶다는 마음이었다. 한국인으로 태어났다고 우리나라에서만 일하고 살기에는 아쉽다는 생각이 들었다. 여행과 여행을 통해 만난 사람들에게 많은 영감을 받았기에, 익숙하지 않은 환경에 던져져 다른 문화권의 사람들과 일한다면 여행할 때보다 훨씬 많은 것들을 배울 수 있을 것 같았다. 좀 더 개인적으로는 추운 겨울을 싫어하기에 가급적 여름만 있는 싱가포르나 홍콩, 태국 같은 따뜻한 나라에서 일하고 싶었고, 소비자에게 직접 연결되어 그 가치를 바로 확인할 수 있는 일을 하고 싶었다. 무엇보다 그들의 삶에 기쁨과 즐거움을 주는 일을 하고 싶었다.

바로 떠올릴 수 있는 것은 동남아의 호텔 업계에서 일하는 것이었다. 당시 어떤 다큐멘터리 프로그램에서 수많은 난관을 뚫고 억대 연봉의 호텔 지배인이 된 한국인 여성에 대한 내용을 보았는데, 그걸 보니 나도 열심히 노력하면 해외에서 일하며 억대 연봉을 받는 지배인이 될 수 있지 않을까 하는 생각이 들었다. 하지만 그 일이 내가 생각하는 사회적 가치를 만드는 일인가를 생각해 보니 확신이 들지 않았다. 호텔 비즈니스는 사람들에게 분명 기쁨을 주지만, 동시에 일회용품과 같은 불필요한 소비를 통해 환경오염을

유발한다는 점, 여행을 할 때 그 나라의 문화를 온전히 경험하게 하기보다는 호텔이라는 그들만의 리그에서 그들만의 세상을 경험하게 만든다는 점이 현지에 완전 동화되는 스타일의 배낭 여행을 좋아했던 20대 중반의 나에게는 왠지 내키지 않았다(물론 지금은 호텔과 리조트 여행도 좋아한다).

그 때 불현듯 떠오른 것이 바로 카우치서핑이었다. 나는 우리나라에서 카우치서핑 호스트가 되어 서울에 놀러온 여행자들을 우리집에 무료로 호스팅해주기도 하고, 해외를 여행할 때도 카우치서핑으로 만난 친구집에서 숙박을 하며 여행했는데 그런 경험이 너무 좋았다. 앞으로는 이런 방식의 여행이 호텔이 차지하고 있는 마켓쉐어를 어느 정도 잠식하지 않겠냐는 생각을 했고 사람들이 이러한 방식의 여행을 더욱 많이 경험했으면 좋겠다는 생각도 들었다.

이거였다. 아무런 제약이 없다면 카우치서핑 같은 여행 경험을 제공하는 회사에서 일하고 싶었다. 순간 머릿속에 반짝 불이 들어오고 가슴이 콩쾅거리는 느낌이 들었다. 전에는 내가 할 수 있다고 믿었던 일 가운데 장단점을 따져 선택했다면 이번에는 내가 그곳에서 일할 수 있는지는 모르겠지만 그런 일을 하고 싶다는 생각이, 그리고 어떻게든 할 수 있을 것 같다는 생각이 들었다.

일단 카우치서핑에 대해 좀 더 알아보기로 했다. 카우치서핑은 비영리단체의 방식으로 운영되고 있었다. 그도 그럴 것이 호스팅을 해주는 호스트와 게스트 사이에는 어떤 금전거래도 일어나지 않기에 서비스가 안정적인 현금 흐름을 만들 방법이 없었다. 카우치서핑에 대해 공부하며 우연히 에어비앤비에 대해서도 알게 되었다. 무료로 숙박을 제공하는 카우치서핑과 달리 에어비앤비는 게스트가 호스트에게 숙박료를 지불하고, 회사는 숙박료의 일부를 수수료로 받는 구조를 가지고 있었다. 이 방식이 카우치서핑에 비해 훨씬 지속가능하고 확장성이 높다는 생각이 들었다.

카우치서핑은 금전이 오가지 않기 때문에 호스팅을 해주겠다 약속하고 막판에 취소하거나, 남자 호스트의 경우 의도적으로 혼자 여행하는 여성 게스트만 받는 등 안전하고 즐거운 숙박 경험을 전달하기에는 부족한 점이 많았다. 하지만 에어비앤비는 달랐다. 호스트는 돈을 받고 자신의 남는 공간을 게스트에게 빌려주는 것이기 때문에 일정 수준의 숙박 퀄리티를 보장해야 했다. 남는 방이나 집을 공유하는 것이니 추가적으로 호텔을 건설할 필요도 없고, 호텔을 통해 낭비되는 자원도 절약할 수 있다는 점에서 환경에도 훨씬 좋은 여행방식이라는 생각이 들었다. 무엇보다 다른 나라를 여행할 때 현지인의 집에서 머물며 여행했던 경험이 너무 좋았기에, 다른 사람들도 나와 같은 경험을 할 수 있도록 돕고 싶었다. 무엇보다 이 경험은 한번 시작하긴 어렵지만, 일단 해보고 나면 그 매력에 빠져서 계속 이용할 수밖에 없을 테고, 당연히 성장 가능성도 높을 거라는 확신이 있었다.

때때로 논리적인 근거 없이 직관적으로 무엇인가를 느낄 때가 있는데, 에어비앤비에 대해 알게 되면서 왠지 이 곳에서 일하게 될 것이라는 확신이 들었다. 에어비앤비 홈페이지의 구인 공고란을 살펴보니, 마침 아시아로 진출하며 싱가포르에 아시아 헤드쿼터를 만들고 있었고, 그곳에서 일할 한국인을 찾고 있었다.

파울로 코엘료의 소설 『연금술사』에 나오는 '너의 블리스(Bliss)를 따라가면, 우주가 알아서 길을 만들어 준다'라는 말이 떠오르는 순간이었다. 나에게 저절로 주어지는 기회를 선택하는 대신, 내가 정말 원하는 것이 무엇인지 고민하고 찾아내니 그것을 실현할 수 있는 기회가 눈앞에 나타났다. 사실 객관적인 조건을 생각하면 내가 적임자가 아닐 수도 있었다. 해외 대학을 나오지도 않았고, 어학연수나 교환학생을 해본 적도 없었으며, 해외영업 업무를 했다고는 하지만 유창하게 영어를 하는 것도 아니었다. 하지만 나보다 이일을 더 잘할 수 있는 사람은 없을 것이라는 근거 없는 확신과 자신감이 있었다. 이력서와 자기소개서만으로는 부족할 것 같아 내가 이 일을 할 수 있는 적임자라는 것을 어필하는 뭔가를 추가적으로 만들어야겠다는 생각이 들었다. 마침, 오랜만에 만난 친구에게 조언을 구하며 이야기를 나눴다.

신기한 일은 그 다음날 벌어졌다. 친구가 우연히 길을 걷다 아는 형을 만났는데, 그 형이 우연히 에어비앤비 싱가포르의 채용을 담당하던 디렉터에게 연락을 받았다는 것이었다. 디렉터는 그 형의 프로필이 마음에 들어 싱가포르에 열린 포지션에 지원해보라고 이야기를 했지만, 자기 사업을 준비하고 있던 형은 지원할 마음이 없었고 대신 자기가 주변에 괜찮은 사람이 있으면 추천해 주겠다고 이야기를 했단다. 그 형은 우연히 길에서 만난 친구에게 이 이야기를 했는데, 그 때 친구는 바로 얼마 전 내가 에어비앤비에 지원한다는 것을 떠올리며 연락을 한 것이었다.

우주가 나에게 문을 열어주고 있다면 이런 게 아닐까? 나는 준비한 이력서를 보냈고, 며칠 뒤에 디렉터와 첫 온라인 면접을 했다. 에어비앤비에 대해 알게 된 이후, 그 사업을 조사하고 한국 시장에서 어떤 식으로 사업을 펼쳐 나가면 좋을지 끊임없이 생각했기 때문에 면접은 생각보다 어렵지 않았다 그 뒤로 직속 매니저가 될 사람과 인터뷰를 하고, 아시아 비즈니스를 담당할 사람들, 인사팀 사람들과도 인터뷰를 가졌다. 첫 인터뷰로부터 채 2주가 지나기도 전에 최종 합격 통보를 받았다.

합격 통보를 받자마자 싱가포르로 이주를 준비했다. 여름 옷가지들, 아끼는 책들과 잡동사니들을 넣으니 여행가방 하나가 꽉 찼다. 지금이야 에어비앤비가 큰 회사지만, 당시 에어비앤비는 막 아시아에 진출을 결정한 시기였고 나처럼 해외에서 이주하는 직원을 지원하는 프로그램을 갖추고 있지 않았다. 심지어 나를 인터뷰한 디렉터는 싱가포르 오피스로 사용한 오래된 숍하우스에서 숙식을 해결하며 일하던 참이었다.

나는 자비로 항공권을 끊어 싱가포르에 입국했다. 하루라도 빨리 일을 시작하고 싶었다. 훗날 나를 뽑은 디렉터는 당시 사람을 뽑을 때 이 사람이 얼마나 미칠 수 있는지를 본다고 했는데, 나는 그 당시 확실히 미쳐 있었다. 그렇게 내가 할 수 있는 일이 아닌, 하고 싶은 일을 하는 삶이 시작되었다.

2장

월요일을
기다리는 삶

내 약점을 드러내도 괜찮은 곳 ─────────

첫 직장의 팀장은 중국 주재원 생활을 오래한 중국통이었다. 그만 큼 중국어 실력 역시 원어민급이었는데, 종종 유창한 중국어로 중 국 거래처와 통화를 하곤 했다. 하지만 팀장이 유일하게 작아지는 순간이 있었으니 바로 영어로 통화를 해야 하는 순간이었다. 중국 어로 통화할 땐 분명 모든 오피스 사람에게 들릴 정도로 쩌렁쩌렁 한 목소리를 자랑하던 팀장의 목소리는 영어 통화를 할 땐 귀를 기 울여도 들릴락 말락 할 정도로 작아져 있었다. 그때 나는 본능적으 로 알았던 것 같다. 회사 생활을 잘 하려면 내가 잘하는 건 부풀리 고, 내가 못 하는 건 감춰야 한다는 것을 말이다.

에어비앤비 싱가포르 오피스에서의 생활은 그런 측면에서 난관 의 연속이었다. 나는 영어를 잘 하지 못했고, 지금까지 배워왔던 회 사생활에 따르면 내가 못하는 건 최대한 들키지 않게 숨기며 잘하 는 척 포장해야 했다. 팀장은 한 달에 한두 번 될까 말까 하는 영어 통화의 고비만 잘 넘기면 됐지만 나는 하루하루가 도전의 연속이었 다. 다행히 내가 맡은 일은 한국 시장을 대상으로 하는 일이었기에 업무 대부분을 한국어로 할 수 있었지만, 모든 내부 커뮤니케이션 이나 동료와의 소통은 영어를 써야 했다.

게다가 나를 제외한 다른 동료들은 미국에서 태어난 원어민이거 나 해외 생활을 오래한 친구들이라 영어를 유창하게 구사했다. 이 곳에서 영어가 서투른 사람은 오직 나 하나뿐이었다. 괜히 움츠러 들기 시작했다. 어디선가 외국 회사에서 영어를 잘 못하면 대놓고 무시한다는 이야기를 들었던지라, 한 마디 내뱉을 때마다 '이렇게 말하면 틀린 표현을 하는 게 아닐까?', '괜히 말했다가 웃음거리가 되지는 않을까' 하고 자기검열을 하기 시작했다. 매일 아침 미팅에서 각자 돌아가며 전날 진행한 일을 공유했는데, 1분 남짓한 이야기를 하기 위해 전날 밤부터 머리를 싸매고 영작을 했다. 일주일에 한 번씩은 매니저와 1대1 미팅을 했는데, 이 시간은 더 곤욕스러웠다. 열심히 할 말을 준비해가도 예측 못한 질문을 받으면 어떻게 대답해야 할지 몰라 당황하곤 했다.

아무리 숨기려 해도 부족한 실력은 드러나기 마련이다. 동료들은 능숙하게 영어로 업무를 보기에 내 영어실력이 부족하다는 것을 알아채기 시작했다. 그런데 이상한 일이 일어났다. 그들은 나를 평가하고 무시하는 대신, 나를 도와주기 시작했다. 대만 시장을 담당하던 대만계 미국인 조엘은 팀 미팅이나 1대1 미팅에서는 이런 표현을 쓰며 대화를 하면 된다며 족집게 과외를 해줬다. 발음이 유난히 정확했던 홍콩계 캐나다인 줄리안은 내가 틀린 표현을 쓸 때마다 무례하지 않게 표현을 교정해주며 나의 영어 선생님을 자처했다. 매니저는 내가 영어 때문에 스트레스 받는 걸 알아차렸는지, 많은 사람들 중 나를 뽑은 건 내가 영어를 잘하기 때문이 아니라, 내가 한국어를 잘하고, 한국에 대해 잘 알기 때문이라며, 자기는 영어만 잘하지 한국어는 전혀 모르고, 한국에 대해서는 아는 게 하나도 없으니 나의 역할이 정말 중요하다며 나의 강점을 칭찬했다. 분명 회사에서 약점을 들키면 손해를 본다고 생각했는데, 이곳에서는 내 약점을 있는 그대로 보여줄수록 더 많은 도움의 손길이 찾아오기 시작했다.

그럴듯해 보이는 것을 멈추니, 성장이 찾아왔다

잘나 보이기 위해 노력하는 것을 멈추고 있는 그대로의 나를 보여 줘도 괜찮다는 것을 알게 되면서 내 회사생활은 완전히 달라지기 시작했다. 예전에는 완벽한 문장을 찾아 머릿속으로 몇 번이고 시뮬레이션했다면 이제는 내가 하고 싶은 말을, 문법과 발음은 신경 쓰지 않고 일단 이야기했다. 완벽하지 않아도 자신 있게 이야기하니 내 의견을 더 잘 전달할 수 있었고, 영어로 하는 의사소통도 점점 편해지기 시작했다. 여전히 문법에 맞지 않는 말을 하고, 발음은 틀렸으며, 횡설수설했지만 입을 꽉 다무는 대신 점점 수다쟁이가 되어갔다. 나의 영어 발음과 자잘한 실수는 종종 오피스 전체를 웃음에 빠뜨리기도 했다. 사람들의 시선을 신경 쓰고, 틀리지 않는 것에 집중할 때에는 늘지 않던 영어 실력이 동료들의 도움을 받으며 편안하게 말하기 시작하니 점점 늘기 시작했다. 몇 달 지나지 않아 미팅에서 의견을 이야기하고 회사생활을 하는 데 큰 불편함이 없는 수준으로 실력이 늘었다. 스스로 검열하지 않고, 틀려도 괜찮다는 마음으로 무엇이든 내뱉으며 영어를 배웠기 때문에 가능한 일이었다.

무엇보다 회사에서 숨기지 않고 나의 약점을 드러냈을 때, 그것을 통해 공격당하거나 무시당하는 대신 도움과 이해를 받으며 성장할 수 있다는 것이 놀라웠다. 기존에 내가 생각했던 회사의 문법, 자기계발서에서 끊임없이 이야기했던 회사 생존법과는 달라도 너무 달랐다.

자신의 약점을 숨기고 좋은 모습만 보여줘야 하는 회사란 어떤 곳일까 생각해 본다. 좋은 모습만 보여줘야 하니 잘한 것만 보여줘야 하고, 못한 것은 감춰야 한다. 자연스럽게 실수나 실패의 확률이 높은 일들은 시도조차 하지 않게 되고, 쉽게 할 수 있고 결과가 확실한 것만 안전하게 시도하게 된다. 협업할 때도 부족한 점을 이야기하며 보완하기보다는, 자기가 잘한 것이나 뽐내고 싶은 것만 이야기하게 되니 협업을 통해 성과를 내기도 어려워진다. 정말 챙겨야 하는, 부족하거나 보완이 필요한 부분에 대해선 눈감고 지나가게 되고 이런 일이 반복되면 치명적인 실수로 나타나기도 한다. 조직은 점점 혁신을 잃어버리고 관료적으로 변해간다.

약점을 드러내지 못하는 조직은 개인의 성장에도 치명적이다. 성장을 위해서는 내가 무엇이 부족한지 알고, 인정하는 과정이 필수적이다. 하지만 진짜 자신을 드러내지 못하고, 꾸며진 모습을 연기해야 하는 환경에 오랫동안 있다 보면 우리는 자기의 진짜 모습 대신 되고 싶은 자신의 모습, 가면을 쓴 모습이 마치 진짜 나인 양 헷갈리게 된다. 내가 부족한 것을 인정하고 도움을 구해야 빠르게 성장할 수 있는데, 자기가 가진 에너지의 상당 부분을 약점을 감추는 데 사용하느라 정작 약점을 개선하는 데 쓸 에너지와 시간은 남아 있지 않은 경우도 많다. 내가 영어를 못하는 걸 감추기 위해 엄청난 에너지를 쓴 것처럼 말이다. 무엇보다 이런 상황에 오래 노출된 개인은 자신에 대한 믿음과 사랑을 잃어버리게 된다. 나의 약점도 나라는 존재의 한 부분이고, 나의 장점뿐 아니라 부족한 점까지 있는 그대로 인정하는 것은 나를 사랑하기 위한 첫 걸음인데, 나의 어떤 모습은 누군가에게 감춰야 하는 것, 혹은 부끄러운 것이 되어버리니 나라는 한 존재를 있는 그대로 사랑해 줄 힘이 점점 약해진다.

에어비앤비에서 일하기 시작한 초기에 내가 진심으로 놀란 것은 자유분방한 오피스 문화도, 회사 일을 마치 자기 일처럼 신나서 하는 조직문화도 아니었다. 숨기지 않고 진짜 자기 모습을 드러냈을 때 그 사람의 약점을 찾아 공격하는 대신, 그 모습 그대로 인정해주고 자기가 도와줄 수 있는 부분을 찾아서 동료가 더 성장할 수 있도록 도와주려는 마음이었다.

나의 약점을 있는 그대로 드러내고, 응원받아 성장한 경험은 단순히 나의 영어실력만 향상시킨 것이 아니었다. 꾸미지 않고 나를 있는 그대로 드러낼 때 삶이 얼마나 가벼워지는지 알게 되었다. 나 역시 다른 누군가의 꾸미지 않는 모습, 약점을 보았을 때 그의 성장을 위해 기꺼이 도와주고 응원하는 사람이 되고 싶다고 다짐하게 되었다. 그 마음 덕분에 나는 내가 좋아하는 일을 하며 성장하고, 나와 비슷한 사람들을 지지하며 응원하는 기쁨을 마음껏 누릴 수 있었다.

연봉 좀 올려줄 수 있어?

"네가 성과가 제일 좋은데, 왜 연봉 올려 달라는 말을 안 하는 거야?" 일을 시작한 지 몇 달 지나지 않은 어느 날, 친한 동료가 따지듯이 물었다. "연봉을 올려 달라는 말을 내 입으로 한다고? 어떻게 그런 이야기를 해? 아직 일하기 시작한 지 1년도 안 되었는데, 시간이 지나면 알아서 올려주지 않을까?" 연차가 쌓이면 차례대로 적당히 승진도 시켜주고 월급도 올려주는 한국식 문화에 익숙해진 나는 연봉 인상을 요구하라는 동료의 이야기가 이해되지 않았다.

"미국 회사는 달라. 네가 원하는 걸 분명히 이야기하지 않으면 매니저는 네가 그걸 원하지 않는다고 생각할 거야. 만약 지금 받는 월급, 지금 포지션에 만족한다면 상관없지만, 내가 보기에 너는 지금보다 더 높은 연봉을 받고 더 높은 포지션에서도 충분히 잘할 거 같은데, 왜 말을 하지 않는지 이해가 안 돼. 나는 매주 매니저에게 연봉 인상을 이야기하는데, 나보다 성과가 더 좋은 네가 가만히 있으니까 답답해. 네가 이야기를 해야 우리 연봉이 같이 오를 수 있어. 여기는 미국 회사고, 원하는 걸 계속 이야기해야 해."

사실 회사 생활은 충분히 만족스러웠다. 내가 좋아하는 나라에서, 좋은 동료들과 좋아하는 일을 하며 엄청나게 많은 것들을 배우는데 돈까지 받는다니! 오히려 나에게 월급을 주는 것이 과분하고 행운이라는 생각뿐, 내가 하는 일에 비해 적은 돈을 받고 있다고는 생각도 못하고 있었다.

하지만 한편으로는 동료의 말이 맞았다. 당시 우리는 1인 다역으로 각자가 맡은 시장에 대한 모든 일을 하고 있었다. 당시 내 연봉은 우리나라 대기업 초봉과 비슷한 수준이었는데, 싱가포르의 비싼 물가와 임금 수준, 우리가 하는 업무의 양을 고려하면 적은 수준이긴 했다. 무엇보다 내가 요청하지 않는다면 회사가 알아서 나에게 원하는 것을 주지 않을 것이라는 동료의 말이 마음에 걸렸다. 나는 내가 열심히 하고 좋은 성과를 내면 회사에서 알아서 보상을 해줄 것이라 기대하고 있었다. 하지만 에어비앤비는 미국 회사였고 내가 이야기하지 않는다면, 회사는 내가 뭘 원하는지 알 길이 없었다. 이제는 내가 원하는 것이 있다면 입을 꾹 다물고 회사에서 먼저 알아주기를 기다리는 대신, 근거를 들어 요구해야 했다.

매니저와의 다음 1대1 미팅을 앞두고 연봉 인상에 대한 이야기를 꺼내기로 결정했다. 돈 이야기를 꺼낸다고 생각하니 시작하기도 전에 너무 민망했다. 내가 이곳에서 일하는 가장 큰 이유는 돈이 아닌데, 돈 이야기를 하려니 꼭 속물이 된 것 같다는 느낌이 들었다. 하지만 좋아하는 일, 의미 있는 일, 가치 있는 일을 한다는 이유로 내 노동력의 가치를 스스로 평가절하하고 싶지는 않았다. 에어비앤비가 카우치서핑보다 좋았던 이유는 의미 있는 일을 하면서도 돈을 많이 벌 수 있다는 가능성을 보았기 때문이었으니까.

어떻게 연봉 인상 이야기를 해야 할지 시나리오를 만들어서 연습했다. 매니저는 1대1 미팅 때 요즘 하는 고민이나, 본인이 해결해 줬으면 하는 일이 있는지 물어본다. 용기를 내서 말을 꺼냈다. "사실, 내가 받는 연봉이 하는 업무의 범위나, 성과에 비해 적은 것 같아서 연봉 인상을 해줄 수 있는지 궁금해" 긴장하며 이야기를 꺼냈는데 매니저의 대답은 너무나 간단했다. "맞아. 네가 하는 일이나 성과에 비해서 연봉이 적은 건 맞아. 오피스를 빠르게 꾸리는 과정에서 제대로 된 연봉 테이블을 만들지 못했어. 인사팀과 매니저랑 이야기해 볼게” 긴장했던 것에 비해 대화는 너무 간단하게 끝나버렸다.

몇 주가 지나고, 약 30%의 연봉 인상이 결정되었다. 연봉 인상을 요청하긴 했지만 이렇게 빨리 의견이 반영될 거라고는 생각하지 못했다. 너무 빠른 결정에 기분이 좋기도 했지만 좀 당황스럽기도 했다. 동료의 말처럼 내가 연봉 인상을 요구하지 않은 채, 그저 내가 좋아하고 가치 있다고 생각하는 일을 할 기회를 얻었다는 이유로 만족하며 가만히 있었다면 회사는 알아서 내 연봉을 올려줬을까? 아마 아니었을 확률이 더 높다. 나는 왜 지금까지 돈에 관해 이야기하는 것을 속물 같은 일이라고 생각하며 터부시한 걸까? 아무리 의미 있는 일을 하는 것이 중요하다 할지라도 우리가 일을 하는 큰 이유 중 하나는 생계를 유지하기 위함인데 말이다. 왜 열심히 하면 누군가 나를 알아서 인정해주고 승진도 시켜주고 연봉도 올려줄 것이라 생각하게 된 걸까? 내가 어떤 성과를 냈고 얼마나 열심히 노력했고 성장했는지는 내가 가장 잘 알 수 있는데 왜 누군가 나의 성과를 알아봐 주고 인정해 주기를 기다리려 한 걸까?

이 일을 계기로 나는 원하는 것이 있고 그걸 요청할 자격을 갖추었다면 누군가 내 마음을 마법처럼 읽고 원하는 걸 들어주는 대신, 스스로 그것을 요구해야 한다는 것을 배웠다. 물론 수십 년간 몸과 마음에 새겨진 겸손의 미덕은 하루아침에 사라지지 않았다. 하지만 필요한 순간에 있는 힘껏 용기를 낸 경험은 수동적으로 인정받고 알아봐 주기를 기다리는 대신 나 자신을 인정하는 것이 중요하다는 것을, 보다 적극적으로 내 의견을 이야기하고 내게 필요한 것을 요구해도 괜찮다는 것을 알게 해주었다.

내가 꿈꾸는 세상을 만들어 간다는 것 ─────

 삶에서 만족을 찾을 수 있는 유일한 방법은 사랑하고 좋아하는 일을 찾는 것이라고 말한 스티브 잡스의 말은 맞았다. 싱가포르의 삶은 매일이 만족스러웠다. 금요일이 되면 주말에 일을 할 수 없다는 사실이 아쉬워서 월요일이 되기를 기다렸다. 출근할 시간이 되면 신나고 설레었다. 물론 모든 일이 재미있었던 건 아니었다. 새롭게 배우는 다양한 업무와 모든 걸 영어로 소통해야 하는 업무 환경은 스트레스가 되기도 했다. 한국에 대해 잘 모르는 동료들에게 한국의 특수성을 설명하며 설득하는 것도 지치는 일이었다. 하지만 아무리 지치고 힘든 일이 있어도 일은 여전히 재미있었다. 무엇보다 에어비앤비를 통해 해결하려는 문제, 에어비앤비가 만들어 나가는 세상의 모습이 내가 꿈꾸는 세상과 닮아 있다는 점이 매일을 설레게 했다.

 돌아보면 삶의 중요한 순간마다 나에게 영감과 용기를 준 건 여행지에서 만난 낯선 이들이었다. 한국에서는 내가 속한 사회적 준거집단 속에서 대부분의 대화가 이루어졌다. 물론 나보다 훨씬 더 똑똑하고 멋진 사람들도 많았지만, 우리의 대화는 우리가 속한 집단에서 통용되는 암묵적인 틀을 벗어나지 않았다. 하지만 여행지에서 만난 친구들과의 대화는 달랐다. 전혀 다른 환경과 문화 속에서 나고 자란 친구들과의 대화는 내가 가지고 있었던 단단한 틀을 깨부숴줬다. 서로의 직업이나 나이, 속한 준거집단을 전혀 모른 채, 그 순간 그곳에 존재하는 존재와 존재로 만나 나누는 대화는 가면을 벗고 보다 솔직하게 나를 마주할 수 있게 도와주었고, 세상은 생각보다 더 가깝게 연결되어 있다는 사실을, 뉴스에는 온갖 나쁜 이야기들이 매일 헤드라인을 장식하지만, 사실 우리가 발붙이고 살아가는 현실 세계에는 좋은 사람들이 훨씬 더 많다는 감각을 가지게 해주었다.

에어비앤비는 더욱 많은 사람들이 여행을 통해 호스트와 게스트가 만나는 경험을 할 수 있도록 돕고 있었다. 많은 사람들이 낯선 이의 집에서 머무는 건 너무 위험하다고, 또는 불편하다고 이야기했다. 하지만 실제로 에어비앤비를 경험한 사람들의 이야기는 달랐다. 낯선 여행지에서 에어비앤비 숙소와 호스트는 심리적 안정감과 친숙함을 느낄 수 있는 존재가 되어 주었다. 에어비앤비로 여행을 다녀온 사람들은 호스트 덕분에 여행이 얼마나 풍성해졌는지 이야기했다. 호스트도 마찬가지였다. 남은 방 혹은 집을 낯선 누군가와 공유했을 뿐인데, 집에서 전 세계를 여행하는 것처럼 새로운 사람들을 만나며 자신의 세계를 확장해 나갔다.

은퇴하고 난 후 적적했던 마음에 시작한 호스팅으로 세계 각국에서 온 젊은 여행자들과 친구가 되고 부수입도 올려 경제적으로도 여유로워졌다며 연신 고마움을 표현하던 호스트, 세계여행을 가기 전에 연습 삼아 남는 방에서 호스팅을 시작했고 이후로 세계여행을 시작하며 자기 집에서 머물렀던 게스트들을 다시 찾아가 만나고 있다는 이야기, 신혼집의 방 한 칸을 에어비앤비로 내어주며 매일 저녁 전 세계에서 온 게스트들과 함께 우정을 쌓고 있다는 사연까지, 내가 머릿속으로 생각하던 이상적인 현실이 내 눈앞에서 펼쳐지고 있었다. 너무 감격스러웠다.

더 많은 사람들이 에어비앤비를 경험할수록 세상은 더 연결되고 아름다워질 것이라고, 그래서 에어비앤비의 미션인 '모두가 소속감을 느끼는 세상'을 만들 수 있을 것이라 믿었다. 나의 가치와 회사의 가치가 일치하니 회사를 위해 일하는 것은 곧 나를 위해 일하는 것과 같다고 생각했다. 비틀즈의 <Imagine>을 들으면서 가슴이 뭉클해졌다. 존 레논이 꿈꾸던 세상을 동료들과 함께 만들어가고 있다고 생각했다.

에어비앤비는 놀랍도록 빠르게 성장했다. 한 번 경험한 사람들이 팬이 되어 자연스러운 선순환 구조를 만들어 냈다. 에어비앤비를 통해 여행한 게스트들은 여행의 경험을 주변에 공유했으며, 남의 집에 묵는 것을 불안해하는 사람들도 친구의 여행 이야기를 듣고는 다음 여행에서 에어비앤비로 여행을 시도했다. 남는 방이나 집이 있는 사람들은 여행이 끝나고 살던 곳으로 돌아가서 호스팅을 시작했다. 호스팅을 통해 좋은 경험을 한 사람들은 여행을 할 때면 에어비앤비를 이용하고, 친구들에게도 남는 방이나 집이 있으면 호스팅을 시작하라며 입소문을 냈다. 마침 불기 시작한 공유경제 트렌드도 빠른 성장에 훈풍이 되었다.

내가 좋아하는 것이 일이 되었고, 그 일은 내가 꿈꾸는 세상을 만들고 있었다. 일과 삶의 경계는 희미해졌다. 일이 곧 삶이 되고 삶은 곧 일이 되었다. 일과 삶을 분리해서 나누는 것은 의미가 없다고 생각했다. 나는 일을 통해 성장하며 내가 꿈꾸는 세계를 만들고 있었으니까. 그때는 몰랐다. 성장을 최우선 가치로 여기는 스타트업의 숙명은 생각보다 더 빨리, 많은 것을 바꿔버릴 수 있다는 사실을, 회사는 결국 더 많은 이익을 창출하는 쪽으로 나아가야 하고 그 과정에서 목적과 수단은 생각보다 쉽게 변할 수 있다는 사실을 말이다. 하지만 무모하리만큼 열정적이었고, 불가능한 꿈을 믿었던 20대 후반의 나는 두 번의 퇴사와 한 번의 창업 끝에 마침내 꿈에 그리던,

완벽한 일을 찾았다고 생각했다. 월요일이 설레는 일, 출근이 기다려지는 일을 말이다.

이곳에선 무조건 성장해야 해

 차들이 시속 50킬로로 달리는 곳에서 혼자 70킬로로 달리면 엄청
난 속도감이 느껴지지만, 시속 100킬로로 달리는 곳에서 홀로 70킬
로로 달리면 마치 기어가는 것 같은 느낌이 든다. 스타트업에서 일
하는 것은 제한 속도가 없는 아우토반에서 있는 힘껏 달리는 것 같
았다. 회사는 매일 거침없이 성장하고 있었다. 앞으로 새로운 기회
가 수없이 생길 것은 불 보듯 뻔했다. 그 기회를 잡기 위해서는 나
역시 회사만큼 빠른 속도로 성장해야 했다.

 뭐든 빨리 배우는 대신 쉽게 질려버리는 내 성향도 성장을 최우선
으로 하는 스타트업에 적합했다. 회사가 성장하는 만큼 내가 할 수
있는 일의 범위도 계속 바뀌어 갔는데 끊임없이 새로운 것을 배울
수 있다는 것이 좋았다. 빠르게 성장하기 위한 가장 좋은 방법은 일
을 많이 하는 것이었다. 스스로 일을 만들 수 있는 회사의 구조 덕분
에 일은 끊이지 않았다. 야근은 기본이고 주말에도 틈틈이 컴퓨터
를 켜고 일을 했다. 맘먹고 떠난 휴가에서도 어떻게 하면 일을 더 잘
할 수 있을지 고민했다. 이런 나의 열정에 보답하듯 회사에서는 계
속해서 새로운 기회를 줬다. 회사에 다닌 7년 동안 업무를 6번 변경
하고 승진을 5번 했으니 적응할 만하면 새로운 일을 시작하고 배우
며 성장하는 과정을 반복한 셈이었다.

 물론 회사에 나같이 생각하는 사람만 있는 건 아니었다. 나와 같
은 시기에 비슷한 직무로 입사해서 수년 이상 같은 일을 하는 친구
들도 있었다. 스스로 매니저가 될 기회를 포기하고 비슷한 일을 계
속해서 하는 동료도 있었다. 당시의 나는 그 친구들이 이해가 되지

않았다. 빠르게 성장할 수 있는 환경에서 왜 자신의 자리에 안주하며 성장을 포기하는지 답답한 마음이 들기도 했다. 시간이 지난 후 돌이켜보니 그들은 안주한 것이 아니라 자신의 속도를 그 누구보다 잘 아는 이들이었다. 그들은 삶과 일이 하나의 요소로 구성되어 있지 않다는 것을 알고, 자신에게 중요한 것의 우선순위를 잘 세울 수 있는 이들이었다. 모두가 전속력으로 달리는 트랙에서 사뿐히 빠져나오고도 남들보다 더 빨리 달리지 않는 자신을 채찍질하지 않을 수 있는 용기를 가진 자들이었다. 다양한 사람들이 향유하는 삶의 모습을 보고 배울 수 있다는 점이 좋아서 에어비앤비에서 일하기 시작했지만, 정작 나는 빠르게 성장하는 삶만이 정답이라 생각하며 전력 질주하며 살아가고 있었다.

내 가능성을 믿고 있는가?

성장에 대한 욕심만큼이나 우리나라의 비즈니스는 커졌다. 한국 오피스를 만들었고, 나도 싱가포르에서 국내로 자리를 옮겨 일하고 있었다. 더욱 많은 사람들에게 인지도를 높이기 위해 대대적인 마케팅 활동을 해야 하는 시점이었고, 우리는 실력 있는 브랜드 마케터를 찾고 있었다. 1년이 넘는 시간 동안 수십 명이 넘는 사람들을 인터뷰했지만 영 마음에 드는 사람을 찾을 수 없었다. 나는 당시 파트너십을 담당하고 있었는데, 마케팅 매니저가 구해지지 않아 어영부영 마케팅팀 일도 맡아서 해오고 있었다. 마음속으로 마법처럼 정말 일 잘하는 브랜드 마케터가 나타나서 우리나라에서 에어비앤비를 모르는 사람이 없게 해주기를 기다리면서 말이다.

그때 싱가포르에서 아시아태평양 지역을 담당하던 브랜드 마케팅 매니저 페페가 이야기했다. "은지, 내가 보기에는 너야말로 이 역할에 적합한 것 같은데, 지원해 보는 게 어때?" 우리가 찾는 브랜드 마케터는 10년 이상의 마케팅 경력을 요구하고 있었는데, 나는 마케팅 경력이 없었고, 내가 그 역할을 할 수 있을 거라고는 한 번도 생각해보지 못했던 차였다. "나는 마케팅 경험도 없고, 나보다 훨씬 더 잘할 수 있는 사람을 찾아야 하지 않을까?" 자신 없게 대답하는 나에게 페페가 이야기했다. "우리가 적임자를 못 찾아서 너희 팀이 1년 넘게 브랜드 마케팅을 해오고 있잖아. 다른 나라랑 비교해도 너네 나라가 훨씬 더 잘하고 있어. 브랜드 마케팅이 별게 아니라 지금 너희가 하고 있는 게 브랜드 마케팅이야. 사실 테크닉이랄 건 별것 없고 내가 일주일이면 다 가르쳐줄 수 있는 쉬운 거니까, 걱정하지 말고 지원해 봐"

그의 말을 듣다가 문득 입사 초기가 생각났다. 좋아하는 일을 하는 것만으로도 감사하며 연봉을 올려 달라고 이야기할 생각도 하지 못했던 그때 말이다. 그때와 같이 나는 여전히 스스로의 가능성을 제한하고 있었다. 나는 왜 누군가 구세주처럼 나타나 수많은 문제를 마법처럼 해결해 주기를 바랐던 걸까? 지금까지 날고기는 경력을 가진 사람들을 수없이 인터뷰했지만, 나만큼 에어비앤비에 대해서 애정을 가지고 고민하고, 방법을 생각했던 사람은 없었는데 말이다. 스스로 나의 역할을 가두지 않고 끊임없이 성장하고 있다고 생각했지만 여전히 나는 부족하다는 틀 속에 나를 가두고 있었다.

확신이 들자, 모든 게 명료해졌다. 이 포지션의 채용 매니저인 아시아태평양 지역 브랜드 마케팅 디렉터에게 왜 내가 이 일을 잘할 수 있는지를 설득하는 장문의 메일과 앞으로 내가 브랜드 마케팅 매니저가 되면 무엇을 할지를 적어 보냈다. 사실 그는 누구보다 경력이 많은 시니어를 매니저로 뽑고자 하는 사람이었기에, 내가 조건에 잘 맞지 않는다는 것은 확실했다. 하지만 나에게는 지난 3년여의 기간 동안 실제 업무를 통해 증명한 트랙레코드와, 함께 업무를 했던 동료들의 든든한 지지가 있었다. 예상외로 마케팅 디렉터의 반응은 긍정적이었다. 사내 지원 절차에 따라 글로벌 마케팅 디렉터를 비롯한 글로벌 마케팅 팀원들과 인터뷰를 몇 차례 진행한 후 나는 한국 브랜드 마케팅을 책임지는 브랜드 마케팅 매니저로 승진할 수 있었다.

여행은 살아보는 거야

브랜드 마케팅 업무는 재미있었다. 내가 좋아하고 믿는 것을 다른 사람들에게도 써보라고 설득하는 건 재미있는 일이었고, 더 나은 설득을 위해 어떤 방법이 좋을지 아이디어를 고민하는 것도 재미있었다. 모든 것들이 처음 해보는 일이었지만 한편으로는 그래서 기존 업계의 관행이나 편견에 휘둘리지 않고 많은 것들을 새롭게 시도해 볼 수 있었다. 마케팅 예산은 금세 수십억 원 단위로 올라갔고, 우리는 얼리어답터들에게 인기 있는 에어비앤비를 전국 단위로 알리기 위한 캠페인을 준비했다.

한국 사람은 여행도 일처럼 꼼꼼하게 계획을 세워서 바쁘게 움직인다. 하지만 에어비앤비는 여행의 진정한 즐거움은 현지에서만 경험할 수 있는 문화를 느끼고, 그들의 삶을 조금이라도 체험해 보는 것에서 온다고 믿었다. 더 많은 사람들이 에어비앤비를 통해 여행하며 현지인처럼 살아보는 경험을 한다면 어떨까? 그렇다면 사람들이 여행을 대하는 방식이나 삶을 바라보는 관점이 달라질 수 있지 않을까? 나는 에어비앤비로 하는 여행의 콘셉트를 한국에 더 잘 알리기 위해 "여행은 살아보는 거야"라는 슬로건을 만들고 캠페인을 진행했다.

보통 수십억 원 단위의 마케팅을 한다면 멋진 광고를 만들어 TV나 옥외 광고, 다양한 디지털 매체에 광고하는 것이 기본이다. 웬만한 것들은 대행사에서 모두 해주기 때문에 사실 브랜드 담당자가 할 일이 별로 없기도 하다. 그게 가장 쉽고 편하며 일반적인 방법이었지만, 우리는 어렵게 받은 예산을 그런 식으로 소진하고 싶지는 않았다.

에어비앤비는 처음 사용하기는 어렵지만, 대부분의 사람들이 주변의 추천을 받아 사용하고, 한번 사용하면 재사용률이 매우 높다는 특징이 있었다. 그래서인지 에어비앤비에는 다른 여행 서비스에는 없는 단단한 팬층이 있었다. 에어비앤비를 쓰고 그 경험이 좋았다면 자연스럽게 팬이 되고, 자발적 홍보대사가 되어 지인들에게 에어비앤비를 열심히 홍보했다. 우리는 에어비앤비를 더 널리 알리기 위해서는 단순히 브랜드 인지도를 높이는 것 외에도 에어비앤비를 실제로 경험하고 그 과정에서 에어비앤비의 팬이 된 커뮤니티의 이야기가 더 멀리 퍼져야 한다고 믿었다. 그래서 '커뮤니티 드리븐 마케팅(Community Driven Marketing)'이라는 이름으로 커뮤니티를 마케팅 캠페인에 초대했다.

에어비앤비를 경험한 사람들의 여행기를 모아 『여행은 살아보는 거야』라는 책을 출간해 전국의 카페와 독립서점에서 무료로 배포하고, 에어비앤비로 여행한 사람들의 실제 사진을 모아 옥외광고를 만들었다. 여행을 좋아하는 사람들이 모여서 자유롭게 이야기를 나눌 수 있는 모임을 개최하고, 친구가 에어비앤비를 통해 여행하면 크레딧을 받을 수 있는 추천인 제도를 널리 확산했다. 당시 마케팅 팀은 단 3명이었지만, 한국 오피스 전체가 에어비앤비를 알린다는 사명 아래 자발적으로 평일과 주말에 열리는 수많은 모임과 이벤트에 참여했다. 당시 우리에게 가장 중요한 것은 에어비앤비를 널리 알려 사람들이 좋은 서비스를 한번 이용해보게 하는 것이었다. 우리 팀이나 내가 돋보여야 한다는 생각을 가진 사람은 없었다. 우리는 어쩌면 너무 이상적이었고 무지할 정도로 조직의 원리를 몰랐으며, 에어비앤비라는 서비스를 너무 사랑한 이상한 사람들이었다.

우리나라의 마케팅 캠페인은 아시아태평양과 본사에서도 유명세를 얻었다. 특히 당시 CMO였던 조나단은 커뮤니티에서 시작된 마케팅의 중요성을 강조했는데, 전 세계를 통틀어 한국처럼 커뮤니티와 함께 마케팅을 진행한 경우가 없었기에 글로벌 마케팅팀에서 한국의 마케팅 사례에 대해 발표하기도 했다. 늘 야근하고, 주말에도 쉬지 못해 몸은 피곤했지만, 내가 의미 있다고 생각하는 일을 잘할 수 있다는 것, 또 우리가 열심히 한 만큼 인정받을 수 있다는 게 신나고 즐거웠다. 역시 내가 하고 싶은 일을 찾아서 하면 삶의 행복은 따라오는 거지! 나는 일이 주는 짜릿한 성취감에 빠져, 일이 곧 삶이 되고 삶이 곧 일이 되어 일을 통해서만 모든 행복과 성취, 만족을 느낄 수 있다는 사고방식에 점점 빠져들고 있었다.

성장이 가져온 딜레마

회사는 점점 많은 사람들에게 알려졌고, 빠른 성장 덕분에 많은 돈을 투자받았다. 엄청난 돈을 투자받았으니, 성장을 통해 가치를 증명해야 했다. 과거에는 우리의 미션을 달성하는 것에 우선순위를 두고 의사결정을 했다면, 점점 성장 목표를 달성할 수 있는지에 우선순위를 두기 시작했다. 과거에는 우리의 미션에 맞지 않으니 하지 말자고 했던 일들이, 어느 순간 회사의 성장에 도움이 된다는 이유로 가장 중요한 업무 목록에 올라와 있었다. 스타트업의 세계에서 우리가 중요하다고 생각했던 것들에 초점을 맞추며 천천히 성장하는 옵션은 없었다. 천천히 성장한다는 것은 곧 경쟁자들에게 우리의 자리를 내주고 도태되어 사라진다는 것과 같았으니까. 내가 소중하게 여기던 것들을 지키기 위해 그렇지 않은 일을 해야 하는 모순이 생겨버렸다.

나는 한 때 열렬히 사랑했던 첫사랑의 변심을 바라보는 것처럼, 우리가 점점 다른 곳을 바라보고 있다는 사실을 알아차리기 시작했다. 처음에 발생한 미세한 각도의 차이가 선을 그을수록 점점 커지듯, 회사와 내가 바라보는 지향점도 달라지기 시작했다. 마치 변심한 연인을 잡기 위해 몸부림치듯, 처음에는 내가 더 열심히 노력하고 성장하면 될 것이라 생각했다. 그렇게 나는 점점 스스로를 소진했고, 번아웃은 나도 모르게 점점 심해져 갔다.

3장

번아웃과 영혼의
어두운 밤

정답이라고 믿었던 삶이 정답이 아닐 때 —————

삶에 정답이 있다고 믿으면 삶은 단순해진다. 선택의 갈림길에서 어떤 결정을 내릴지 크게 고민을 할 필요가 없다. 내가 생각했을 때 정답이라 여기는 삶의 모습에 가까워지는 선택을 하고, 그 모습을 만드는 데 나의 시간과 에너지를 사용하면 되니까.

내가 생각한 삶의 정답은 '일'에 있었다. 좋아하는 일을 찾고, 열심히 일해서 소위 말하는 성공을 하면, 그걸로 돈도 벌고 인정도 받으면 행복해질 것으로 생각했다. 그래서 수많은 시행착오를 거치며 좋아하는 일을 찾기 위해 노력했고 결국 에어비앤비라는 회사를 만났다. 이 회사와 함께하면 내가 정답이라 생각한 삶을 살 수 있겠다고 생각했다. 누구보다 열심히 일해서 성과를 냈고 5년 만에 한국 비즈니스를 총괄하는 컨트리 매니저가 되었다. 처음 일을 시작하며 언젠가 비즈니스를 총괄하는 자리에 오를 수 있을 정도로 성장하고 싶다고 생각했는데 생각보다도 빨리 이루어졌다. 문제는 내가 정답이라고 여겼던 삶의 모습이 어쩌면 정답이 아닐 수도 있다는 것을 어렴풋이 깨닫게 되면서 발생했다.

좋아하는 일을 하며 인정받고 성장하면, 자연스럽게 많은 권한과 책임을 지며 큰 일을 맡을 수 있을 것이라 생각했다. 권한과 책임이 늘어나면 스트레스도 늘어나겠지만 그 정도는 충분히 감당할 수 있다고 생각했다. 그런데, 세상은 내 생각보다 훨씬 복잡한 곳이었다. 승진으로 올라간 곳에서 만난 건 더 많은 권한과 책임이 아닌 에고와 위선이었다.

한국 비즈니스를 총괄하는 컨트리 매니저가 되자 이런저런 곳에서 나를 만나자고 했다. 한번은 유명한 조직의 회장이 꼭 만나야 한다며 어느 호텔의 조찬에 초대했다. 도대체 얼마나 중요한 이야기이기에 새벽같이 만나서 급하게 이야기를 나눠야 하는 걸까? 비즈니스의 세계는 뭔가 다른 걸까? 궁금한 마음을 가지고 이른 아침에 여의도의 한 호텔로 향했다. 그는 처음 보는 나를 마치 아주 잘 아는 사람처럼 칭찬하며 에어비앤비의 이름으로 얼마를 내서 회원사 회원이 되면, 나를 이런저런 언론에 출연시켜 주고 인터뷰도 해서 유명한 여성 리더로 만들어 준다고 이야기했다. 그는 이미 자기 조직의 회원사가 된 어느 기업의 젊은 지사장에 대해 이야기하며, 그 사람처럼 나도 유명해질 수 있다고 부추겼다. 순간 머리가 띵했다. 이렇게 에고를 자극해서 돈을 내게 만들고, 그렇게 돈을 낸 사람들끼리 이너서클을 만들어서 우리는 모두 성공한 사람이라는 사회적 에고를 공고히 하나 싶었다. 그 모습이 그다지 건강해 보이지 않았고, 무리에 속해서 유명해지는 대가로 맘에 없는 말을 하며 하하호호 웃고 싶지도 않았다.

궁금한 마음에 초대받아 몇 번 나갔던 조찬 모임 역시 내게는 이해할 수 없는 문화였다. 새벽같이 호텔 연회장에 모여서 하는 일이란 자기가 얼마나 대단한지 이야기하고 싶어 하는 사람들과 만나서 인사를 하고, 이미 뒤떨어진 트렌드를 이야기하는 연사의 강연을 들으며 마치 지식인 혹은 성공한 사람이 된 것 같은 기분을 느끼며 앉아 있는 것이 전부였다. 나는 이런 허례허식과 '척' 하는 문화가 싫었다. 물론 그렇게 인맥을 만들고 필요할 때 도움을 받는 것이 비즈니스에 꼭 필요할 수도 있고, 정말 의미 있는 정보를 교류하는 자리도 있을 터였다. 하지만 내 상식으로는 정말 중요한 것이 부차적인 것이 되고,

부차적인 것이 반드시 해야 하는 것이 되는 것을 이해할 수 없었다.

회사 내적으로도 스트레스가 쌓여갔다. 내가 정말 원했던 것은 더 높은 직급이 아니라 더 많은 책임과 권한이었지만, 회사의 구조가 바뀌며 지사에서 결정할 수 있는 것들은 대폭 줄어들었다. 직급도 높아지고 책임도 늘어났는데 정작 뭔가를 할 수 있는 권한은 없는 이상한 구조가 되어버렸다. 에어비앤비의 한국 인스타그램 계정 하나를 오픈하는 것도 맘대로 할 수 없어 본사를 상대로 몇 달 동안 근거를 제시하며 설득해야 했다.

무엇보다 괴로운 건 회사가 추구하는 가치와 내가 추구하는 가치가 점점 멀어지고 있다는 사실이었다. 옳고 그른 개념은 아니었다. 회사는 투자를 받으며 약속한 성장을 위해 회사가 해야 하는 일을 할 뿐이었으니까. 그것이 자본주의 사회에서 투자를 받은 스타트업이 걸어가야 할 단 하나의 길이었다. 홍보팀과 인사팀은 안건에 따라 내가 해서는 안 될 말과 할 수 있는 말을 분류해 주었다. 사측의 입장을 대변할 수밖에 없는 나는 내가 진심으로 믿는 것이 아니라, 회사가 믿는 것을 앵무새처럼 이야기해야 했다.

열심히 일하고 성과를 내서 올라온 자리에 필요한 능력은 더욱 열심히 일하고 성과를 낼 수 있는 능력이 아니라, 자리에 알맞은 가면을 쓴 채 진심이 아닌 말을 진심처럼 하고 더 멋지고 잘나 보이게끔 자신을 포장하는 일이었다. 그리고 안타깝고도 다행스럽게도 이것은 내가 가장 하고 싶지 않은 일이었다.

정답이라 굳게 믿으며 도착한 그곳에는 나를 진정으로 행복하게 해주는 것이 아무것도 남아있지 않았다. 어느 날, 이곳에서 일하는 이유가 무엇인지 생각해 보니 예전에 가치가 있다고 여겼던 것들

대신, 매달 받는 월급과 나에게 주어진 일이니 무조건 잘 해내야 한다는 세뇌된 책임감이 유일하게 내가 이곳에 남아있는 이유였다. 뭔가 바뀌어야 한다는 건 알았지만 주변에 고민을 토로해도 진정으로 내 고민을 이해해 주는 사람은 없었다. 대부분의 사람은 나의 이런 고민이 복에 겨운 소리라 이야기하며, 대수롭지 않은 일로 여겼다. 나 역시 겉으로 보이는 조건만 보면 부족할 것이 하나도 없는데 왜 감사하거나 만족하지 못하고 불평을 내뱉는지 이해되지 않았다.

출근이 더 이상 즐겁지 않았다. 마음의 부대낌은 몸의 부대낌으로 이어졌다. 어깨가 아프고 목이 아프다 기어코 허리가 아파서 가만히 앉아 있기도 힘들어지자, 엎드려서 일을 했다. 세상에는 커다란 모순이 수없이 존재하고 그 때문에 목숨이 왔다 갔다 하는데, 나는 왜 고작 이 정도의 모순 때문에 이렇게 힘든 걸까? 돌이켜 생각하면, 그만큼 모든 에너지를 쏟으면서, 불가능한 꿈을 꾸며 세상이 바뀔 수도 있다고 순진하게 믿었기 때문일지도 모르겠다.

기업은 숭고한 사명을 이야기하며 사람들을 끌어당긴다. 그 사명은 사람들의 마음을 들뜨게 할 정도로 크고 위대하며, 별처럼 쉽게 이룰 수 없는 것이어야 한다. 그래야 사람들은 실제로 사명을 이루는 대신, 사명을 이루고 있다는 기분에 취해 계속 달릴 수 있으니까. 자본주의라는 거대한 시스템은 나같이 순진하게 이상을 추구하는 사람들의 열정을 장작 삼아 비즈니스를 키우고 돈을 버는 구조를 만들어냈다. 이상적이고 원대한 비전과 아름다운 서사에 취했던 나는 내가 속한 사회의 전체 구조를 보지 못했고, 끊임없이 성장해야 유지되는 시스템 속에 자신을 갈아 넣으며 소진되어 갔다.

영혼의 어두운 밤

30대 중반쯤 되면 내가 원하는 것이 무엇인지 완벽하게 알고, 한 치의 의심 없이 살고 있을 거라 믿었는데, 그 어느 때보다 길을 잃은 느낌이 들었다. 정답이라고 믿었던 삶은 정답이 아니었고, 다른 선택지는 보이지 않았다. 그 누구보다 열심히 살았는데, 왜 나는 가장 행복하지 않은 장소에 도착한 것인지 이해가 되지 않았고 이런 나를 이해해 줄 사람이 없다는 사실에 외로워했다.

수년이 지난 후, 대학원에 진학해 칼 융의 심리학을 만나며 비로소 나는 내가 왜 행복할 수 없었는지, 도대체 무엇이 잘못되었던 것인지 이해할 수 있었다. 융에 따르면, 내가 경험한 과정은 한 개인이 진정한 자신이 되어가는 과정에서 겪을 수밖에 없는 '영혼의 어두운 밤'이었다. 우리는 자라나는 과정에서 주변 환경과 타인의 영향을 받으며 가치관을 형성한다. 청소년기를 거쳐 성인이 되어가는 과정에서 만들어지는 이 신념은 대개 가까운 부모나 친척, 친구, 그리고 자신이 속한 사회의 욕망과 가치를 반영하는데, 우리는 이 신념대로 사는 것이 잘 사는 것이라 믿으며 삶을 살아간다.

나는 좋아하는 일을 찾아 열심히 일하고 성공하는 것이 가치 있는 삶이라 믿었고, 이것이 나의 신념이라 생각했다. 하지만 돌이켜 생각해보면 이 신념은 나의 것이 아니었다. 스티브 잡스를 비롯해서 일을 삶과 동일시했던, 성공한 사업가들과 물질적 성공이 곧 인생의 성공이라는 사회의 욕망에 영향을 받아 마치 나의 것인 줄 착각했을 뿐이었다. 융은 우리가 중년에 접어들며 자기가 가지고 있던 신념에 대한 재평가를 시작한다고 이야기한다. 자신이 중요하다고 믿었던 그것이 삶에서 정말 중요한 것이었는지, 자신의 삶을 충만하게 만들어주는지, 그 신념이 주변 환경이나 부모에 의해 주입된 것은 아니었는지 혹은 자신으로부터 우러나온 것이었는지를 평가하는 것이다.

융은 우리가 삶을 살아가는 궁극적인 목적은 바로 개인화라고 이야기한다. 개인화란 진짜 자신의 모습을 찾아, 그것을 실현하며 살아가는 과정이다. 사회적으로 길들여진 존재인 우리는 사회의 요구에 맞추기 위해 진짜 내 모습이 아니라 사회적으로 보여지는 나의 모습, 즉 페르소나를 신경 쓰며 살아갈 수밖에 없었다. 하지만 '영혼의 어두운 밤'을 지나며 우리는 겉으로 보였던 내 페르소나의 허구성을 깨닫는다. 그리고 진짜 자신의 모습을 찾아 나선다. 영혼의 어두운 밤을 통해 우리는 각자 자신이 가진 고유한 아름다움을 깨닫는, 개인화의 과정을 경험하게 되는 것이다.

융이 '영혼의 어두운 밤'이라 이름 붙인 것처럼 이 과정은 생각보다 더 고통스러웠다. 그동안 너무 당연하게 믿어왔고, 나와 동일시하던 신념과 가치를 모두 무너트리고 부정한다는 것은 자신을 부정하는 것과 같기 때문이다. 정답이라 생각했던 것들은 모두 무너졌다. 모든 것이 허물어진 폐허는 어둡고 컴컴하다. 나를 안내해 줄 단 한 줄기의 빛도 보이지 않는다. 살면서 지금까지 해온 것이란 끊임없이 빛을 따라 걸어간 것밖에는 없으니 답답하고 절망스러우며, 허무하다. 그냥 남들 사는 대로 좋은 게 좋은 거라 믿으면서 살면 아무 문제없이 잘 살 수 있을 것 같은데, 행복할 수 있는 조건 속에서도 행복하지 않은 자신이 원망스러워진다. 또 다른 빛을 찾기 위해 고개를 두리번거리지만, 그 어디에도 빛은 보이지 않는다. 융은 이 과정은 고통스럽지만 진정한 자기를 찾고 영적으로 성장하기 위해 반드시 겪어야 하는 과정이라고 이야기한다. 수년의 시간을 이 어둠 속에서 보냈던 나 역시 융의 말에 동의한다.

긴 번아웃에 빠져 무력해지고 어디로 가야 할지 몰라 헤매던 시간은 페르소나를 벗고 진짜 나로 살아가기 위해 반드시 거쳐야만 하는 시간이었다. 4년 가까이 이어진 이 어두운 터널을 지나면서 나는 비로소 남들과 비슷해지려고, 더 나아 보이려고, 덜 이상해 보이려고 했던 모든 나답지 않은 노력을 내려놓을 수 있었다. 정답이라고 믿었던 세상에서 벗어나 내 삶의 답을 스스로 만들어 가는 과정은 쉽지 않은 과정이다. 학습된 신념과 에고는 시도 때도 없이 의문을 제기하며 많은 사람들이 따라가는 빛을 따라가야 한다고, 그렇지 않으면 너의 인생은 실패할 수도 있다며 두려움을 주입한다.

하지만 계속해서 내면의 소리를 듣다 보면 내 속에서 희미하게 새어 나오는 빛을 볼 수 있다. 이 빛을 따라가는 사람은 오직 나뿐이지만 외롭지도, 공허하지도, 허무하지도 않다. 더 이상 빛을 잃어버릴까 걱정하지 않아도 된다. 빛이 희미해지면 빛이 보일 때까지 나에게 시간을 주면 된다는 것을 이제는 알기 때문이다. 정답이라고 믿었던 삶이 정답이 아니었다는 것, 그것은 어쩌면 삶이 나에게 준 가장 큰 축복이었다.

번아웃의 재구성, 번아웃의 범인은 누구인가?

번아웃에 대해 잘 모르는 사람들은 과도한 업무가 번아웃의 주요 원인이고, 푹 쉬면 번아웃을 극복할 수 있다고 이야기한다. 겉으로는 그렇게 보일 수 있다. 번아웃에 걸린 사람들은 대개 쉬지 않고 오랜 시간 일을 하는 경향이 있으니까. 하지만 몇 주 혹은 몇 달 푹 쉬어서 완전히 회복되었다면 그 사람은 번아웃에 걸린 것이 아니라 만성 피로에 시달렸을 가능성이 크다. 번아웃이 위험한 것은 회복하기 힘든 정서적 소진과 함께 찾아오기 때문이다. 그리고 번아웃을 진정으로 극복하기 위해서는 삶의 가치를, 삶의 우선순위를 전면적으로 재검토하고 다시 세우는 과정이 필요하다.

누구보다 열정적으로 자기 일을 좋아하고, 열심히 일했던 사람들이 번아웃에 걸린다. 그들은 큰 꿈과 소명의식을 가지고 일을 시작한다. 자신이 하는 일을 단순히 일로 보지 않고 일을 통해 더 큰 가치를 추구하고자 노력한다. 당연히 다른 사람들보다 일에 더 몰입하는 경향이 있고 더 많은 시간을 일하며 더 많은 책임을 지려는 경향이 있다. 자연스레 조직의 일은 이들에게 몰리게 되고, 이들은 점점 많아지는 일 때문에 개인의 삶을 점점 소홀히 하게 된다. 늘어나는 일의 양만큼 권한도 늘어나면 좋겠지만, 책임이 늘어나는 속도만큼 권한이 늘어나는 경우는 드물고 이 차이를 메꾸기 위해 이들은 적극적으로 스스로를 갈아 넣기 시작한다. 묵묵히 자기 일을 하는 사람의 성과는 눈에 잘 보이지 않고, 이들에게 돌아가야 할 인정과 보상이 진짜 일을 한 사람이 아니라 일한 척하는 사람들에게 돌아가는 모습을 보며 허탈함을 느끼기도 한다. 열정의 이유가 되었던 소명의식 역시 자본주의 사회의 이윤추구 논리에 점점 자리를 내어주게 된다. 한때 그 누구보다 열정적이었던 이들은 깊은 무기력을 느끼며 번아웃에 빠져든다. 이렇게 정서적 소진과 함께 찾아오는 번아웃은 회복에 정말 오랜 시간이 걸린다.

나 역시 비슷한 과정을 겪으며 번아웃에 빠져들었고, 4년 가까이나 번아웃에서 온전히 헤어 나오지 못한 채 무기력을 반복해서 겪었다. 그 무엇을 해도 기쁘지 않고 즐겁지 않았다. 번아웃 전의 내가 정말 즐거운 마음으로 무언가를 했다면, 번아웃 이후에는 나에게 책임이 주어졌으니 울며 겨자 먹기로 일을 하고, 언제쯤 이 굴레에서 벗어날 수 있을지 고민했다. 번아웃에 빠져 있던 긴 기간 동안 번아웃을 절대 내 책임으로 인정하지 않으며, 나에게 번아웃을 안겨준 범인을 찾아 헤맸다. 마치 범인을 찾아야만 나의 번아웃이 해결되고 무기력이 사라질 수 있을 것이라 믿으며 말이다.

번아웃의 범인은 누구인가?

처음으로 떠오른 범인은 회사였다. 매일 야근을 해야 할 정도로 많았던 일, 적어도 두 달에 한 번은 다녀야 했던 해외 출장, 하루에 대여섯 시간은 미팅을 해야 했던 극악한 스케줄, 그리고 무엇보다 책임은 많은데 권한은 하나도 주지 않는 회사의 시스템은 나를 점점 더 숨막히게 했다. 처음부터 그랬던 건 아니었다. 처음 일을 시작했을 땐 회사 규모도 작고 별다른 시스템이 없었던 덕분에 직급은 낮았지만 내 권한으로 할 수 있는 일이 생각보다 많았다.

적은 예산이라도 알뜰하게 꾸려서 이벤트를 기획하고, 다른 회사와 파트너십을 맺어 프로모션을 진행했다. 몸은 피로했지만 내가 주도권을 가지고 일한다는 게 신나고 신기했다. 그런데 회사의 구조가 바뀌며 지사에서 결정할 수 있는 것들이 대폭 줄었다. 직급도 높아지고 책임도 늘어났는데 정작 뭔가를 할 수 있는 권한은 없는 이상한 구조가 되어버렸다. 한때는 회사의 미션을 가장 중요하게 여기고, 의사결정을 할 때 우리가 가진 핵심가치에 맞게 의사 결정을 해야 한다고 이야기했던 회사였는데, 언제부터인가 가치보다는 눈앞의 성장에 더 신경을 쓰는 것 같았다. 회사가 스타트업 정신을 잃어버렸다고, 역동성은 사라지고 관료적으로 변했다고, 미션을 가장 중요하게 여겼던 회사가 이제는 미션 따위 신경도 쓰지 않는다고 변해버린 회사를 원망했다. 내 번아웃의 책임은 변해버린 회사에 있다고 믿으면서 말이다.

내 번아웃의 범인은 정말 회사였을까? 사실 마음 깊은 곳에서는 회사가 잘못한 것이 없다는 사실을 알고 있었다. 회사가 커지면 자연스럽게 시스템이 생기기 마련이고 때로는 본사에 결정 권한이 집중되는 구조로 변화하며 시간이 지나면서 지사에 권한을 더 많이 부여하게끔 구조가 재편되기도 한다. 내가 꼭 들어가지 않아도 되는 미팅에는 참석하지 않아도 괜찮았지만, 나는 굳이 열심히 일하고 있다는 걸 보여주기 위해 하루에 대여섯 시간을 미팅에 쓴 다음에야, 정작 해야 할 일을 하지 못해 밤늦게까지 야근하는 악순환을 반복했다. 회사는 가파르게 성장하는 중에도 미션을 잊지 않고 다양한 활동을 하고 있었다. 때때로 성장을 위해 이전과는 다른 선택을 할 때도 있었지만 그 또한 스타트업이 성장하는 과정에서 어쩔 수 없이 겪어야 하는 성장이었다. 회사를 범인으로 돌리기에는 회사에도 충분한 변명거리가 있었다. 이제 다음 범인을 찾아야 했다.

어린 여성에게 녹록지 않은 사회 구조가 내가 찾은 두 번째 범인이었다. 내 번아웃은 한국 비즈니스를 책임지는 컨트리 매니저로 일하기 시작하며 점점 심해졌다. 30대 초반 한국 여성이었던 나와는 달리 대부분 각 나라 컨트리 매니저들은 적게는 30대 후반, 많게는 50대 초반의 백인 남성들이었다. 대부분은 영어를 원어민처럼 잘했고 목소리가 컸다. 그들 사이에 있으면 왠지 모르게 주눅이 들었는데, 내가 주눅이 들면 한국 마켓에 예산이 적게 배정되거나 필요한 리소스를 제대로 배정받지 못할까 봐 언제나 전전긍긍했다. 괜히 말실수하면 안 된다는 생각에 자기검열도 심해졌다. 누군가가 한국 시장에 대해 부정적인 이야기를 하면 혹시 내가 잘못해서, 혹은 부족해서 그런 건 아닐까 생각하며 자책하기도 했다. 이 직무가 나에게 잘 맞지 않아서 그만두고 싶다는 생각이 들다가도, 어린 여자를 승진시켜 줬는데 해내지 못하고 금세 그만둬 버리면 후배들에게 안 좋은 선례를 만드는 건 아닐까 싶은 걱정에 이를 꽉 물고 열심히 하려 노력했다. 그러다 내가 남자였다면, 백인이었다면, 나이가 더 많고 경험이 많았다면 이렇게 힘들지는 않았을 거라고 생각하며 스스로를 자책하고 어린 여성에게 더 가혹한 사회의 구조를 원망했다.

책임감을 가지는 것과 자책을 하는 것은 다르다. 책임감을 가진다는 것은 일을 해결할 힘이 나에게 있음을 아는 것이다. 반면 자책은 모든 원인을 자신에게 돌리면서도 자신은 그것을 바꿀 힘이 없다는 무력함을 인정해버린다. 나는 자책했지만 책임지지는 않았다. 바꿀 수 없는 나의 조건 때문에, 그러니까 내가 여자라서, 어려서, 동양인이라서 사람들이 나를 차별했다고 믿으며 교묘하게 나의 존재를 부정하고 내가 가진 힘을 무시해 버렸다. 물론 내가 이렇게 이야기하면 '여성 차별, 동양인 차별과 같은 유리장벽은 실제로 존재하지 않느냐'고 이야기하는 사람들도 있을 것이다. 실제로 우리 사회에 바꿀 수 없는 조건으로 인한 차별은 존재한다. 나 역시 내가 실질적인 차별을 겪었음을 인지하고 있다. 중요한 건 이런 차별에 대응하는 자세다. 나는 무력하게 희생자가 되는 편을 택했다. 하지만 정말 세상의 차별을 없앤 사람들, 그러니까 마틴 루터 킹이나 로자 파크스 같은 사람들은 무력하게 희생자가 되는 대신 자신의 권리를 당당하게 주장했고, 변화를 위해 기꺼이 목소리를 내며 변화의 주체가 되었다. 나는 변화를 만들 힘이 나에게 없다고 믿었다. 부당함을 느꼈을 때, 나는 목소리를 내는 대신 나의 존재를 부정하며 무력해지는 것을 택했다. 차별은 번아웃의 근본적인 원인은 아니었다. 나는 번아웃을 안겨준 또 다른 범인을 찾아야 했다.

마지막으로 내가 찾은 범인은 오직 성장만을 외치고 돈으로 모든 가치를 평가하며 생산성과 효율성을 신으로 섬기는 자본주의 시스템이었다. 회사가 사명보다 성장과 이익을 중요하게 생각하게 된 것도, 여성의 권리가 역사적으로 인정받지 못한 것도 모든 것을 생산성과 효율성의 관점에서 파악하려 하는 이 거대한 시스템 때문이었다. 그러니까 내 번아웃의 원인은 바로 이 거대한 구조적 모순 때문이었다. 자본주의가 존속하는 한, 인간은 한낱 소모품으로 전락할 운명이라 생각하니 나 자신이 이 거대한 시스템의 희생양이라는 생각이 들었다. 아무리 도망쳐도 절대 벗어날 수 없는 시스템 앞에서 더 이상 희생되지 않으려면 어떻게 해야 하는지 고민하며, 들뢰즈와 마르크스를 공부하고, 『아무것도 하지 않는 법』과 『요즘 애들』을 읽었다. 스티브 잡스의 "네가 좋아하는 일을 하는 것이 의미 있는 인생을 살 수 있는 방법이다"라는 스탠포드 연설이 어떻게 번아웃 세대를 만들게 되었는지 공감하며 분노했다.

대부분의 국가가 채택하고 있는 자본주의 시스템은 실제로 많은 모순을 안고 있다. 빈부격차와 기후변화, 물질만능주의와 인간의 부품화 같은 현상은 자본주의가 가지고 있는 고질적인 문제다. 하지만 동시에 자본주의 시스템은 인류에게 이전에는 볼 수 없었던 풍요로움을 가져다 주었다. 빈곤율과 유아사망률은 급격히 떨어졌고 평균 수명은 놀라울 정도로 늘어났다. 이렇게 모든 사람이 풍족하게 먹고 입으며 편안하게 잘 수 있었던 시기는 역사상 찾아볼 수 없을 정도이다. 단, 상대적인 빈곤과 박탈감을 제외한다면 말이다.

번아웃의 범인을 찾으려던 노력의 끝에서 결국 마주하게 되는 건 커다란 구조적 모순이었다. 이 시스템 자체가 문제의 원인이라면 시스템 밖으로 나가지 않는 한, 우리는 절대 문제에서 벗어나지 못한다. 그런데 시스템 밖으로 나가는 것이 정말 문제의 해답일까? 나는 단지 내 번아웃의 최종 책임자를 찾고 싶었을 뿐인데, 결국 내가 찾아낸 것은 이 시스템 안에서는 절대 번아웃에서 벗어날 수 없다는 암담한 현실이었다.

외부로 눈을 돌려 범인을 찾는 것을 멈췄다

번아웃의 진짜 범인을 찾기 위해 외부로 향했던 시선을 내부로 돌려야 했다. 정신과 의사이자 영성가 데이비드 호킨스 박사는 우리가 삶에서 경험하는 것들은 사실 우리 의식수준의 반영일 뿐이라고 이야기한다. 그의 저서 『의식혁명』에서는 똑같은 일을 경험해도 우리가 가지고 있는 의식수준에 따라 세상은 천국이 되기도, 지옥이 되기도 한다고 말한다.

의식의 스펙트럼을 0에서 1,000의 범주 내에서 측정했을 때, 가장 낮은 의식수준은 '수치심(20)'이고 가장 높은 수준의 의식은 부처와 예수가 도달한 '깨달음(1,000)'의 수준이다. 낮은 의식수준에서 보는 세상은 그야말로 아수라장이다. 이 세상은 위험하고, 두렵고, 무서운 곳이고 자칫 잘못하면 큰일날 살얼음판 같은 곳이다. 이곳에서 우리는 안전과 생존을 추구하며 소유를 통해 자신의 존재를 증명하려 한다. '용기(200)'는 의식수준의 분기점이다. 에너지는 서로 비슷한 것끼리 잡아당기는 성질이 있는데, 용기라는 에너지의 임계점을 넘으면 의식은 보다 긍정적으로 상승할 수 있는 최소 조건을 갖추게 된다. '받아들임(350)'의 수준은 삶에서 일어나는 일들의 책임을 온전히 자신의 것으로 받아들일 수 있는 수준이다. 이 수준에서 우리는 좋은 일과 나쁜 일이라는 이분법적인 시각을 넘어설 수 있다.

호킨스 박사의 책을 반복해서 읽으며 나는 내가 왜 그렇게 필사적으로 번아웃의 범인을 찾으려 했는지 알아차렸다. 번아웃의 책임이 나에게 있다고 인정하고 싶지 않았기 때문이다. 내 책임이 아니니 일시적으로는 편안함을 느낄 수 있지만, 해결의 열쇠 또한 타인에게 넘겨버리고 만다. 누군가 해결해 주기를 기다려야 하는 수동적, 의존적인 상태가 되어버리는 것이다. 거기서 멈추면 다행이지만 부정적인 에너지는 자신을 희생자로 만든다. 내가 이렇게 힘든 건 사회와 회사 탓이고 시스템 탓이라며 세상을 원망하는 마음으로 실컷 욕을 하고 나면, 당장은 잠깐 편해지겠지만 해결되는 것은 아무것도 없다.

사실 번아웃의 범인은 다른 누구도 아닌 나 자신이었다. 나는 큰 규모의 회사와 맞지 않는 성격을 가진 사람이었다. 내가 하고 싶은 일은 누구보다 열심히 하지만, 위계질서는 질색이고 관심이 없거나 의미 없다고 느끼는 일은 미루고 회피한다. 빈말하는 걸 싫어해서 소신 발언을 하고 자기 주장도 세다. 교묘하게 관점을 돌리며 논점을 피하는 것도 싫어한다. 남에게 과도한 관심을 받는 것도 좋아하지 않는다. 회사가 커지고 직급이 올라가면서 나는 좀 더 정치적인 발언을 해야 했고, 내가 온전히 동의하지 않는 회사의 입장을 대변해야 했으며 큰 조직의 구조에 나를 맞춰야 했다. 모두 나의 기질에는 전혀 맞지 않는 일들이었다.

절이 싫으면 중이 떠나듯, '내가 써야 하는 가면이 더 이상 나와 맞지 않는구나' 하고 툭툭 털고 나오면 번아웃도 없었을 텐데 내 안의 욕심과 미련이 나를 붙잡았다. 사회적으로 인정받고 그럴듯해 보이는 삶을 사는 것, 많은 사람들이 욕망하는 것을 나도 가져야 한다는 욕심에 스스로를 번아웃에 몰아넣었다. 남들이 좋다고 하는 걸 가지고 싶다는 욕심과 나와 다른 가치를 받아들이지 못하고 분노하는 마음, 나에게 정말 중요한 것이 무엇인지 몰랐던 무지야말로 내 번아웃의 근본적인 원인이었다. 내 안에 있는 이런 마음을 알아차리고 없애지 못한다면, 나는 어느 곳에 가든 똑같은 지옥을 만든 후, 나를 힘들게 만든 범인을 찾는 패턴을 끊임없이 반복할 터였다.

내 삶에 일어나는 모든 것을 내 책임으로 받아들인다는 것

번아웃은 나에게 끝나지 않을 것 같은 무기력을 주었지만 동시에 나답게 사는 것이 무엇인지, 나다운 선택은 무엇인지, 내가 정말 원하는 삶의 모습은 무엇인지 생각해 볼 수 있는 기회를 주었다. 나는 겉으로 그럴듯해 보이는 역할과 꼬박꼬박 통장에 찍히는 높은 월급에 만족할 수 있는 사람이 아니었다. 긴 번아웃을 겪고 난 후 나는 비로소 내 에고가 원하는 조건 속에서는 행복할 수 없다는 사실을 알게 되었다.

내 가슴에서 우러나오는 진실을 이야기하고, 내 가슴을 설레게 하는 일을 하고, 아무도 몰라주더라도 내 영혼을 만족시킬 수 있는 삶을 사는 것, 그것이 내가 진정으로 원하고 살아야 하는 삶이었다. 빠른 속도로 달리는 열차의 방향을 바꾸기 위해서는 그만큼 큰 힘이 필요하다. 나는 에고가 만들어 낸 환상을 향해 열심히 달리고 있었고, 그걸 멈추기 위해서는 번아웃이라는 깊은 골짜기가 필요했다. 아주 깊은 골짜기에 빠져서 허우적댄 후에야, 나는 진짜 내가 원하는 삶을 향해 담백하게 걸어갈 수 있는 용기를 얻었다. 그리고 길고 깊었던 번아웃의 기간을 통과하며 나는 비로소 내 삶에서 일어나는 일을 온전히 책임진다는 것이 어떤 의미인지 알게 되었다.

내가 경험하는 것들은 결국 내 의식수준의 반영이다. 내가 '받아들임'의 수준에서 살아간다면 내 삶에 그 어떤 일이 일어나든 부대낌 없이 편안하게 살아갈 수 있을 것이다. 하지만 '두려움'의 수준에서 살아간다면, 아무리 많은 것을 소유하고 높은 지위에 올라도 더 갖지 못해 불안해하고 빼앗길까 두려워하며 살아갈 수밖에 없다. 내가 머무르는 의식의 수준이 바뀌지 않는다면 그 어떤 상황에 처해도 같은 것을 경험할 수밖에 없는 것이다. 결국 나의 상황을 바꾸는 것보다 중요한 것은 나의 의식을 바꾸는 것이다.

번아웃의 범인을 찾으려 할 당시, 나의 의식은 희생자의 수준에 머물러 있었다. 스스로의 책임을 인정하고 싶지 않아 온갖 철학과 부조리, 구조적 모순을 공부하며 남 탓을 더 잘할 수 있는 기술을 연마했다. 하지만 이제 나는 알고 있다. 내 삶에 일어나는 모든 것들은 설사 그것이 겉으로 보기에 부조리해 보인다고 하더라도 온전히 나의 책임이라는 것을 말이다. 번아웃은 나의 책임이고 그 책임이 나에게 있기에 그것에서 벗어날 힘도 나에게 있다. 내 삶의 책임을 온전히 나로 인정하면서 나는 비로소 번아웃이 가져온 길고 긴 무기력의 터널을 통과할 수 있었다.

가면을 벗은 맨얼굴의 나를 마주하기 ────────

　우리는 맡은 역할로 자신을 설명하는 것에 익숙해져 있다. 나 역시 부모님의 딸이자 어떤 직장에 다니는 회사원, 누군가의 연인이자 친구로 자신을 설명하곤 한다. 인간은 사회적 동물이고 관계 속에서 살아갈 수밖에 없기에 너무 당연한 일이다. 내가 스스로에게 부여한 가장 큰 역할은 '일하는 사람'이었다. 그도 그럴 것이 누군가 새로운 사람을 만나면, 명함을 건네고 서로를 소개하면서 가장 긴 시간을 일터에서 일을 하며 보냈기 때문이다. 게다가 나는 '좋아하는 일을 하는 삶이야말로 가치 있는 삶'이라는 신념을 오랫동안 간직하고 있었으니, 일 잘하는 커리어 우먼이라는 역할은 톡 건드리면 터질 만큼 부풀어 있었다.

　심지어 일의 중요성을 너무 과대평가한 나머지 일하는 역할 이외에 다른 역할을 상상할 수 없을 정도로 일과 나를 동일시하며 직장인이라는 역할을 충실히 수행하려 노력했다. 심지어 번아웃으로 심신이 지칠 대로 지쳐 '출근하는 길에 교통사고가 났으면 좋겠다'고 생각했던 날에도 오피스 문을 열고 들어가면 '일 잘하는 직장인'의 가면을 쓰고 역할을 연기했다. 지금 생각해 보면 나는 내가 가지고 있는 다양한 가능성을 보지 못하고 부여된 역할에 갇혀, 이 역할을 벗어나면 나라는 존재가 가치 없게 되어버릴 것 같다는 두려움을 가지고 있었다. 사실 그 당시에는 내가 직장인이라는 역할에 갇혀 나에게 맞지 않는 가면을 쓰며 연기를 하고 있다는 사실을 인식조차 못하고 있었다. 불편하고 힘들었지만 이렇게 살아가는 것 말고 다른 삶을 상상하는 것이 어려웠으니 말이다.

인도에 가면 답을 찾을 수 있을지도 몰라

역할과 가면에서 벗어나, 날 것 그대로의 나를 만날 기회는 안식휴가와 함께 찾아왔다. 에어비앤비는 오랫동안 재직한 임직원들이 재정비할 수 있도록 안식휴가 제도를 운영하고 있었는데 내 차례가 돌아온 것이다. 어디를 갈까 고민하다 대학 시절 1년 동안 머물렀던 인도가 떠올랐다. 어떻게 살아야 할지 막막하면 다시 인도를 찾을 것이라 다짐했는데, 지금이 그 시기라는 직감이 들었다.

그래서 예전부터 가고 싶었던 푸네의 명상센터에 가기로 했다. 나에게 주어진 시간은 한 달이었고, 이 안에 내가 앞으로 어떻게 살아야 할지에 대한 모든 답을 찾겠다는 결연한 의지를 가지고 푸네로 향했다. 명상센터에서는 매일 10개도 넘는 프로그램이 운영되는데 1일권을 끊으면 원하는 프로그램을 마음대로 들을 수 있었다. 나는 2주 동안 머물며 센터의 모든 프로그램을 들을 수 있고, 추가로 워크숍까지 참여할 수 있는 패스를 구입했다. 이곳을 떠날 때는 내가 가진 문제를 모두 해결할 것이라 다짐하면서.

그렇게 도착한 푸네의 명상센터는 주 단위로 신청할 수 있는 다양한 워크숍 프로그램을 운영하고 있었는데, 나는 '본어게인(Born Again)'이라는 프로그램을 신청했다. 이 워크숍이 끝나면 완전히 새로워진 내가 될 수 있을 것 같았다. 프로그램은 간단했는데 일주일 동안 매일 2시간씩 커다란 방에 모여서 처음 한 시간은 다시 어린아이로 되돌아간 것처럼 행동하고, 다음 한 시간은 가만히 앉아서 명상의 시간을 갖는 것이었다. 첫 시간에 약 스무 명 정도 되는 사람들이 넓은 방에 모였다. 방에는 이불과 베게, 길다란 천, 종이와 색연필과 같은 도구들이 놓여 있었다. 워크숍을 이끄는 두 명의 퍼실리테이터는 별다른 설명 없이 남을 해치는 행위를 제외하면 앞으로 한 시간 동안 어린아이로 돌아간 것처럼 뭐든 해도 된다고 이야기하며 세션을 시작했다.

어린아이로 돌아간 듯 무엇이든 해도 된다고 했지만, 막상 뭘 해야 할지 머리가 멍해졌다. 수많은 워크숍에 참여했지만, 이렇게 난감한 적은 처음이었다. 당황한 건 나뿐만이 아닌 것 같았다. 스무 명 가까이 되는 참여자들은 모두 당황스러운 표정을 하며 서로의 눈치를 보고 있었다. 우리는 지금까지 사회, 국가, 학교, 혹은 회사가 규정한 역할과 규칙에 따라 열심히 사는 것이 잘 사는 것이라 배웠다. 이렇게 아무 규칙도, 제약도 없는 곳에 던져진 것은 처음이었다. 다행히 방 안에 있는 여러 도구들이 보이기 시작했다. 누군가 베개를 들고 뛰어다니기 시작했다. 누군가는 갑자기 알 수 없는 나라의 말로 노래를 부르며 방을 빙빙 돌기 시작했고, 또 다른 누군가는 이불과 베개를 가지고 자기만의 집을 만들기 시작했다. 나는 베개를 집었다. 어렸을 때 하던 것처럼 베개를 이리저리 던지기도 하고, 베개를 들고 여기저기 뛰어다니기 시작했다. 다양한 색상의 끈을 가지고 온 방을 어지럽혔다. 이불 속에 숨어들어가 소리를 지르기도 했다. 얼마나 지났을까? 퍼실리테이터가 종을 쳤다. 우리는 하던 일을 멈추고 자리에 앉아서 한 시간 동안 좌선을 했다. 당황스러웠던 첫째 날이 지나갔다.

둘째 날부터는 모든 것이 조금 더 순조로웠다. 세션에 함께 참여한 사람들은 각자 자신만의 방식으로 내면의 어린아이를 꺼내 놓았다. 누군가는 하염없이 방안을 돌았고 누군가는 내내 잠만 자는가 하면, 또 다른 누구는 자기네 나라말로 알 수 없는 노래를 불렀다. 갑자기

웃다가 울음을 터트리는 사람도 있었다. 처음에는 당황스러웠던 세션은 시간이 지나며 점점 재미있어졌다. 인종도, 나이도, 성별도 모두 달랐지만 이곳에서 우리는 아이처럼 뛰어다니고 아무런 제약 없이 웃고 울고 소리지르며, 원하면 실컷 자고 소품들을 맘대로 어지럽혔다. 그리고 종이 울리면 고요히 앉아 좌선을 하며 내 마음에 무엇이 있는지 들여다보았다.

모든 것이 허용되는 곳에서 아이로 돌아간 것처럼 자유로워지니, 비로소 내가 얼마나 두꺼운 갑옷을 입고 긴 꼬리표를 매달며 살았는지 느껴졌다. 나를 정의하던 역할과 가면에 적합한 사람이 되기 위해서 나는 얼마나 내가 아닌 척 노력했던가? 말 한마디, 행동 하나도 스스로 검열하며 내가 만든 감옥 안에 자신을 옭아매고 있었다. 그러면서도 이 감옥을 벗어나면 아무것도 아니게 될까 봐 두려워서 감옥 안에 갇힌 줄도 모르고 괴로워하고 있었다. 하지만 이곳에서 나는 아무것도 아닌 사람, 소리지르는 사람, 베개 놀이를 하는 사람, 방안을 마구 어지럽히는 사람, 갑자기 웃는 사람, 명상하다 잠들어버리는 사람이었다. 그냥 지금을 살아가는 하나의 존재일 뿐이었다. 아주 오랜만에 자유롭다는 느낌이 들었다.

가면 뒤에 숨은 자유로운 얼굴 만나기

마지막 날, 워크숍을 함께 한 사람들과 워크숍을 끝낸 기념으로 아이스크림을 먹으러 외출을 했다. 문득 서로의 얼굴을 바라보는데 첫날 긴장되고 어리둥절했던 얼굴이 떠올라 웃음이 나왔다. 우리는 서로 '너 첫날 표정 진짜 어두웠는데 지금은 얼굴에 웃음기가 가득해. 더 잘생겼고 예뻐졌어!'라고 말하며 꺄르르 웃음을 터트렸다. 그동안 나는 늘 뭔가를 해야 하고, 누군가가 되어야 하고, 어떤 역할을 잘 수행해서 나를 증명해야 한다고 생각했다. 그래야 내 존재가 가치 있다고 굳게 믿었다. 하지만 이곳에서 그저 어린아이로 규칙도 제약도 없이 존재했던 경험은 꼭 누군가가 되지 않아도, 꼭 대단한 무언가를 하지 않아도, 어떤 역할을 맡지 않아도 괜찮다는 감각을 느끼게 해 주었다. 한국에서는 나의 일, 내 직함, 회사를 빼고 나만 남았을 때 아무것도 남아있지 않을 것 같은 두려움이 있었는데 이곳에서 그 모든 것이 없어도 나는 여전히 나였고 자유로웠으며, 이런 나를 존재 자체로 좋아해 주는 사람들이 있었다.

명상센터에서 돌아온 얼마 후, 나는 그토록 사랑했던 회사를 그만 두었다. 다음에 뭘 할지, 뭘 하고 싶은지는 뚜렷하지 않았지만, 적어도 이곳을 떠나야 행복할 수 있다는 것은 분명했다. 선망받는 직업을 가지지 않아도, 사회적으로 좋아 보이는 역할을 수행하지 않아도 괜찮다는 것을, 나라는 존재 자체로 충분하다는 것을 어렴풋이 느꼈기에 아무것도 정해지지 않은 퇴사가 두렵지 않았다. 어떤 규칙이나 역할에 갇히지 않은 나는 어떤 모습인지 알고 싶었다. 적어도 1년은 아무것도 하지 않기로 결심하고 회사를 떠났다.

인간은 망각의 동물이고, 지금까지 수십 년 넘게 살아온 삶의 관성이 있기에 여전히 종종 뭔가 하거나 되어야 한다는 강박에 휩싸일 때가 있다. 그럴 때면 인도 푸네의 명상센터에서 어린아이로 존재했던 그때의 자유로움을 떠올리며 스스로에게 이야기한다. 그 무엇이, 그 누구가 되지 않아도, 더 멋져 보이는 가면을 쓰지 않아도, 쓸모 있는 역할로 존재하지 않아도 괜찮다고, 나는 지금 이대로 충분하다고 말이다.

시지프스는 형벌을 멈출 수 있을까?

그리스 신화에 등장하는 시지프스는 신들을 기만한 죄로 뾰족한 산꼭대기로 끊임없이 바위를 밀어 올려야 하는 형벌을 받는다. 힘들게 바위를 밀어 올려 산 꼭대기까지 다다른 순간, 바위는 다시 굴러 떨어진다. 그리고 시지프스는 다시 바위를 밀어 올린다. 억겁이 지나도 끝나지 않는 시지프스의 형벌은 이렇게 계속된다. 어느날 문득 궁금해졌다. 시지프스는 왜 끊임없이 바위를 밀어 올리는 걸까? 그래야 한다고 믿기 때문이다. 그는 바위를 밀어 올리지 않는 삶을 상상할 수 없다. 그것은 제우스 신에 의한 형벌이었지만, 그 벌을 기꺼이 감당하며 하루하루 바위를 밀어 올리기로 선택한 것은 시지프스 그 자신이다(물론 나의 상상력이 한껏 담긴 추측이다).

에어비앤비를 떠나며 적어도 1년은 아무것도 하지 않고 보내기로 굳게 다짐했지만, 막상 아무것도 하지 않으니 어딘가 마음이 불편했다. 친구나 선배들은 지금이 몸값이 제일 높고 사업을 해도 제일 잘할 수 있을 때니 이 기회를 놓치지 말아야 한다고 자꾸만 내게 없는 욕망을 부추겼다. 처음에는 '일단 1년은 쉬면서 천천히 생각해보려구요'라고 이야기했지만 계속해서 같은 이야기를 들으니 '번아웃이라는 핑계로 가장 중요한 인생의 황금기를 낭비하고 있는 것이 아닌가' 싶은 불안한 마음이 스멀스멀 올라오기 시작했다.

머리로는 내 존재 자체로도 충분히 가치 있다는 사실이 이해되었지만, 시지프스가 바위를 끊임없이 밀어 올려야 한다고 믿었던 것처럼 생산적이고 효율적인 삶을 살며 가치를 만들어 쓸모를 증명해야 한다는 생각이 나를 지배하고 있었다. 마침 에어비앤비 시절부터 친하게 지냈던 친구이자 동료 하빈이 심리를 주제로 사업을 준비하고 있었다. 나를 탐구하고 나답게 사는 건 아주 오래전부터 관심이 있었고, 해결하고 싶은 문제였다. 대학로에 있는 맥주집에서 맥주를 마시며 우리는 마치 조별과제 팀을 정하듯 동업을 다짐하고 다음 날부터 창업 준비를 시작했다. 당시에는 모든 것이 맞아떨어졌다고 여겼지만, 돌이켜 생각해 보면 아무것도 할 것 없는 텅 빈 시간으로부터 도망치기 위한 거대한 회피일 뿐이었다. 그렇게 나는 친구와 함께 자아 성장 커뮤니티 '밀미'를 창업했다.

이게 정말 나다운 거야?

우리가 하는 사업은 진정한 나를 마주하고 나답게 살 수 있도록 서로 응원하는 커뮤니티를 만드는 일이었다. 다른 사람들에게 '너의 진짜 마음이 뭐야? 네가 진짜 원하는 게 뭐야?'라고 끊임없이 물어보면 자연스럽게 그 질문은 나에게 향한다. '너 지금 다른 사람들에게 자기답게 살라고 계속해서 이야기하고 있잖아. 그런데 지금 너는 어때? 너답게 살고 있어? 이게 정말 네가 원하는 삶이야?'

나는 대답을 만들어내는 데 천부적인 재능을 가지고 있다. 사업을 시작한 초반에는 이 질문이 불쑥 올라올 때마다 그럴듯한 대답을 만들어 나 자신을 설득했다.

'당연하지. 나는 언제나 나답게 사는 것에 관심이 많았어. 그리고 이 사업은 계속해서 내 마음을 볼 수 있게 도와주고, 내가 좀 더 공부하고 싶었던 심리나 명상 같은 분야에 대해서 공부할 수 있게 도와줘. 얼마나 좋아. 일을 하면서 내가 좋아하고 관심 갖는 것을 공부할 수 있잖아'

그럴듯한 대답의 문제점은 그 모든 문장이 사실이라는 것이다. 사실이기에 더 이상 반박하지 못하고 인정해 버리게 만든다. 문제는 이 대답이 나의 진정한 마음을 반영하지 않은, 피상적인 것이라는 데 있다. 내 모든 대답은 머리에서 나와서 머리에서 이해된 후 머리에서 사라졌다. 얼마의 시간이 지난 후에야 나는 비로소 진짜 내 영혼에서 나오는 목소리는 때때로 자기 모순적이고, 옳고 그름으로는 설명되지 않으며, 사실관계에 들어맞지 않을 수도 있다는 것을 알게 되었다. 무엇보다 그 목소리는 논리적인 설명이나 변명을 요구하지 않는다. 타인의 인정이나 승인을 기다릴 필요도 없다. 그 자체로 이미 온전하고 충분하다는 것을 아니까. 나 자신에게 끊임없이 변명하는 시간을 보내면서 나는 점점 지쳐갔다. 사람들이 나답게 살 수 있게 도와주는 서비스를 만들고 매주 뉴스레터를 쓰며 나다운 삶을 살아야 한다고 이야기하면서도, 정작 나는 그 누구보다 나답지 못하게 살고 있다는 느낌이 나를 점점 괴롭게 만들었다.

힘들어서 피하고 싶은 걸까? 정말 떠나야 하는 걸까?

힘든 것으로부터 회피하고 싶지 않다는 마음도 결정을 어렵게 만들었다. 힘들다고 쉽게 포기해버리면 그 경험으로부터 배워야 할 것을 배우지 못할 텐데, 지금 내가 하려는 선택이 힘들어서 회피하려는 건지, 정말 내가 원하는 삶이 아니기에 방향을 전환하고 싶은 건지 분간이 되질 않았다. 혼자서 아무리 생각해도 계속해서 같은 생각의 흐름 속에 빠져 버렸다. 이대로는 안 되겠다는 생각이 들었고, 심리상담을 받기로 했다. 남들에게는 그렇게 좋다고 추천했던 심리상담이었는데 등잔 밑이 어둡다고 정작 나를 위해 상담을 받아야겠다는 생각은 한참이 지나서야 불현듯 떠올랐다.

다행히 밑미를 통해 알게 된 좋은 상담 선생님이 생각났고, 바로 상담을 시작했다. 상담은 기대한 것만큼 좋았지만, 예상보다 느리게 흘러갔다. 몇 주가 지나면 마법처럼 내가 원하는 답이 '짜잔' 하고 나타날 것으로 생각했는데 10회가 넘게 상담을 받아도 복잡하고 힘든 마음은 그대로였다. 남들에게 상담은 길게 받을수록 좋다고 이야기하면서도 정작 내 상담이 빠르게 진행되지 않으니 전매특허인 조바심이 올라왔다. 다행히도 상담을 오래 받을수록 좋다는 것을 알고 있었기에 마음이 좀 더 확실해질 때까지 계속 가보자는 마음을 가졌다. 그런 마음가짐 덕분이었을까? 상담이 20회 정도 진행될 즈음, 어둡고 희미했던 안개가 걷히며 지금 내 상황과 앞으로 해야 할 것들이 분명해지기 시작했다.

나는 마음 깊이 소명의식을 느껴 이 사업을 시작한 것이 아니었다. 나를 찾는 것은 여전히 내 삶에서 중요한 테마였지만, 그것을 사업으로 풀어내는 것은 적어도 지금 이 시점에서 내 시간과 에너지를 쏟고 싶은 것이 아니었다. 사업이라면 응당 사람들에게 서비스와 제품을 만들어서 팔고 계속해서 성장해야 하는데, 나는 에어비앤비에서 경험했던 것들을 다시금 동일하게 반복하고 싶지 않았다.

결코 회피하지 않겠다는 마음은 오히려 상황을 있는 그대로 보지 못하고 모든 것을 무겁고 경직되게 만들고 있었다. 자신의 상황에 대해 직면하지 않고 도망가는 것이 회피라면, 절대 회피하지 않겠다는 다짐은 원하지 않는 것조차 과도하게 책임지고 죄책감을 느끼게 만들고 있었다. 이렇게 과도하게 책임지려는 마음은 자기 자신을 희생자로 만들기도 한다. 사실 이 모든 상황을 만든 것은 나 자신인데 희생자 놀이에 빠진 마음은 자신이 아닌 타인 혹은 외부 상황에 모든 힘듦과 괴로움의 탓을 돌리면서 세상과 타인을 탓하며 변화할 수 있는 모든 가능성을 잘라 버린다. 나는 스스로를 희생자로 만들기 바로 직전에야 이 사실을 알아차렸다. 이제 모든 것이 명확해졌다. 그토록 이야기하는 나다운 삶을 살기 위해서 친구와 함께 창업한 이 회사를 떠나야 했다.

마음은 정해졌지만 이야기를 꺼내는 건 여전히 힘든 일이었다. 하지만 모든 것을 솔직히 이야기하는 것이 함께 사업을 시작한 친구에게 내가 할 수 있는 최선의 배려라는 것을 알고 있었다. 내가 하는 이야기를 있는 그대로 이해하고 받아들일 수 있는 친구와 사업을 함께 시작했다는 건 큰 행운이었다. 나는 여전히 번아웃의 그늘에서 헤어나오지 못했고, 사업을 하는 것은 나의 소명이 아니며, 여전히 앞으로 무엇을 하며 살고 싶은지는 잘 모르겠지만 그 길이 우리가 함께 시작한 사업을 지속하는 게 아닌 것은 분명해졌다고 이야기했다. 한바탕 눈물을 쏟고, 이야기를 나누며 나는 내가 시작한 사업으로부터 걸어 나왔다. 내가 하던 일들을 다른 이들에게 넘기고, 매주 한 번씩 뉴스레터를 쓰는 일만 파트타임으로 지속하며 밑미에 남기로 했다.

바위를 더 이상 밀어 올리지 않겠다는 결심

그 누구보다 영리한 인간이었던 시지프스는 죽음의 왕 타나토스와 지하 세계의 신 하데스를 가뿐히 속이며 죽음까지 거스르는 재기를 보여주었지만, 뾰족한 산꼭대기로 바위를 밀어 올려야 하는 영원한 노동으로부터는 벗어나지 못했다. 이 신화를 만든 그리스 사람들은 의미 없는 노동이 어쩌면 죽음만큼이나 고통스러울 수 있다는 것을 이야기하고 싶었던 것일까? 아니면 인간은 죽을 때까지 노동에서 벗어날 수 없다는 현실을 직시하게 하고 싶었던 것일까?

그들의 의도가 정확히 무엇인지는 모르지만, 나는 시지프스를 조금 다른 관점에서 보기 시작했다. 그는 형벌을 받고 있지만 동시에 바위를 굴려야 한다는 행위에 집착하고 있을지도 모른다고 말이다. 바위를 굴리는 것을 멈추면 바위는 굴러 떨어질 것이다. 어쩌면 깨져버리거나 잃어버릴지도 모른다. 하지만 무슨 상관인가? 그는 바위를 굴리지 않을 선택권을 가지고 있다. 형벌에서 벗어나기 위해서는 바위 굴리기를 멈추면 된다. 우리가 고통스럽고 벗어나고 싶다고 여기는 것을 가만히 들여다보면, 사실 그것에 집착하고 있는 것은 자신이라는 것을 발견하게 된다. 바위를 굴리는 것을 고통이라 생각하면서도 사람들은 자기가 굴리던 바위가 사라진다면, 그래서 더 이상 굴릴 바위가 없다는 사실에 허전해하고 힘들어하며 고통스러워 한다. 바위를 산꼭대기로 굴리는 것을 괴로워하는 줄 알았는데, 사실 그 괴로움을 사랑하고 있었다는 사실을 발견하는 것이다. 그리고, 더 늦기 전에 또 다른 바위를 찾아 바위를 굴리기 시작하며 생각할 것이다. 굴릴 바위가 있는 삶이 그래도 행복한 삶이라고 말이다.

나에게 바위란 끊임없이 무언가를 해야 하고 만들어야 하며 그걸로 가치를 증명받아야 한다는 생각이었다. 더 이상 바위를 굴리고 싶지 않았다. 그리고 그 바위로부터 걸어 나왔다. 완전히 새로운 세상이 있었다. 그동안 내가 어떻게 하면 무거운 바위를 더 빨리 정상으로 올릴 수 있을까 고민하는 사람들에 둘러싸여 있었다면, 세상에는 다른 것에서 즐거움을 찾는 사람들도 많았다. 이를테면 바위가 어떻게 생겼는지 구경하는 사람, 바위의 성분을 조사하는 사람, 저 멀리 바위를 굴리는 사람들을 바라보며 산책하는 사람까지 말이다. 나는 이제 바위를 굴리지 않는다. 여전히 '바위를 굴려야 하지 않을까'라는 마음이 불쑥 찾아오지만, 가만히 들여다보면 그것은 내 몫이 아니다. 언젠가 다시 바위를 굴리고 싶은 날이 올지도 모르겠다. 영원히 그날이 오지 않을 지도 모르겠다. 그 어떤 상황이든 나는 당연히 해야 한다는 의무에서 벗어나 온전한 나의 의지로 선택할 것이다. 시지프스도 바위를 밀어 올리지 않아도 괜찮은 삶을 상상할 수 있었으면 좋겠다.

4장

삶에서 일을 빼면
무엇이 남을까?

빠르게, 높이 자라지 않아도 괜찮아 ————

　스타트업의 아버지라 불리는 폴 그레이엄은 스타트업이 다른 회사와 구분되는 가장 큰 특징을 '성장'이라 이야기한다. 그는 막 창업했거나 기술 기반 회사거나, 벤처 자금을 받았다고 스타트업이 되는 것이 아니라고 말한다. 빠르게 성장할 수 있도록 고안되었고 실제로 성장을 만들어 내는 회사만이 스타트업이라는 것이다.

　페이스북 전 COO 쉐릴 샌드버그는 스타트업을 운영한다는 건 자전거 타기와 같다고 이야기한다. 자전거를 쓰러트리지 않기 위해서는 끊임없이 페달을 밟아야 한다. 잠시라도 느려지거나 멈추면 자전거가 이내 균형을 잃고 한쪽으로 기울어지듯, 스타트업 역시 성장을 멈추는 순간 기울어진다. 성장을 잠시 멈추거나 느리게 하는 옵션은 없다. 끊임없는 성장 혹은 죽음, 스타트업의 세계에는 이 두 가지 옵션만이 존재한다.

　10년 가까이 스타트업 분야에서 일하면서 나도 모르게 스타트업의 성장 공식을 내면화하며 살아왔다. 끊임없이 성장하고 변화하는 것만이 의미 있고 가치 있는 것이라는 신념, 그렇기에 끊임없이 뭔가를 해야 한다는 강박은 오랫동안 나를 괴롭혀 왔다.

수목형 나무와 리좀형 나무

　성장에 대한 강박을 내려놓은 건 들뢰즈가 제시한 리좀의 개념에 대해 알아가면서였다. 들뢰즈는 우리가 일반적으로 알고 있는, 위로 자라는 나무인 수목형 나무에 대비되는 리좀형 나무에 대해 이야기한다. 수목형 나무는 위계질서를 가지고 위로 자라난다. 더 큰 나무와 작은 나무의 위계가 명확하고 더 높이, 더 굵게 자라난다는 하나의 성장 목표를 가지고 있다. 수목형 나무의 성장은 스타트업의 성장과 그 양상이 비슷하다.

스타트업이 궁극적으로 매출과 이익 성장이라는 최종 목표를 향해 몸집을 불리는 것과 마찬가지로, 수목형 나무 역시 위로 향한다는 하나의 목표를 향해 성장한다. 한 면적에서 경쟁하듯 나무가 자라날 때, 한 나무가 유난히 빠르고 크게 자라기 시작한다. 시간이 지나며 빠르게 성장하는 나무는 주변에 그늘을 만들고, 주변 나무들은 큰 나무의 그늘에 가려 충분한 햇빛을 받지 못한 채, 생장을 멈추거나 죽게 된다. 스타트업도 마찬가지다. 비슷한 분야에서 여러 개의 스타트업이 경쟁하다 보면 유난히 빠르게 성장하며 몸집을 불리는 회사가 두각을 드러내기 시작한다. 나무가 그늘을 만들어 다른 나무의 성장을 더디게 하듯, 빠르게 성장하는 회사는 더 빠르게 몸집을 불리며 작은 회사의 성장을 막는다. 이러한 구조에서 살아남으려면 남보다 더욱 빠르게 성장하는 수밖에는 없다.

들뢰즈는 이런 수목형 나무에 대항해 리좀의 개념을 가져온다. 리좀형은 한 방향의 성장을 지향하지 않는다. 리좀형은 마치 나무뿌리가 그러하듯 다양한 방향으로 자유롭게 뻗어 나간다. 리좀형 나무에게 반드시 성장해야 할 방향은 존재하지 않는다. 그저 자신이 자라날 수 있는 방향으로 자라나고, 그 과정에서 무언가를 만나면 더 크고 높이 자라나기 위해 경쟁하지 않으며 그 만남을 연결 삼아 새롭게 뻗어 나간다. 때때로 수목형 나무를 칭칭 감아 올라가기도 하고, 지면이나 벽을 뒤덮으며 뻗어 나가기도 한다. 리좀형 나무는 그렇게 뻗어 나가는 와중에 수많은 생명들과 연결되고 때로는 융합

되기도 한다.

수목형의 개념으로 세상을 바라보면, 이 세상은 약육강식의 세상이 된다. 남보다 빠르게 자라나서 햇빛을 독차지하지 않으면 나보다 더 빠르게 자라는 나무의 그늘에 가려져 죽을 수도 있다는 것이 냉정한 자연의 법칙이니까. 우리가 지금까지 너무 당연하게 여겨왔던 경쟁형 사회 구조와도 비슷하다.

리좀형의 세상에는 수목형 세상에서 중요했던 경쟁과 등수가 무색해진다. 대신 모든 것을 연결한다. 각자 가야 할 방향이 다르기 때문에 더 높이 오르기 위해 경쟁할 필요도 없다. 수목형 개념에서 만남은 경쟁을 의미하지만, 리좀형 세상에서 만남은 오히려 서로의 방향성을 재정립할 수 있는 기회를 준다. 나는 이 리좀의 개념을 접하며, 내가 그동안 가지고 있었던 수목형 성장에 대한 강박에서 벗어나, 나만의 방식으로 자유롭게 연결하며 성장할 수도 있다는 것을 알게 되었다.

나는 어떤 종류의 인간일까?

우리가 사는 세상에도 수목형 인간과 리좀형 인간이 있을 것이다. 수목형 인간은 경쟁을 통해 살아남으려 하고, 더 크고 굵게 자라 더 많은 열매를 맺는 것을 목표로 삼을 것이다. 일반적으로 교육과 사회 시스템은 수목형 인간이 되는 것이 성공하는 길, 삶을 잘 사는 길이라 가르친다. 하지만 어떤 것이 옳고 그르다는 이분법적인 시각으로 이 둘을 바라봐서는 안 된다. 무엇보다 생태계에 수목형과 리좀형 나무가 모두 필요하듯 우리의 사회에도 다양한 인간이 필요하다.

나는 이제 수목형으로 살았던 여정을 마치고, 리좀형으로 성장하고 연결하며 살아가는 것을 택했다. 리좀형 인간은 경쟁하지 않고 자신만의 길을 찾으며 그 과정에서 새로운 연결을 만들어낸다. 그들이 만들어 내는 연결은 이 세상에 다양한 사람들이 자기 개성대로 존재할 수 있다는 것을 보여준다. 높고 크게 뻗어 나가는 대신 모든 방향을 향해 정해진 규칙 없이 자유로이 뻗어 나간다.

내 마음대로 성장하기

요즘 나는 어린 시절 이후 처음으로 무언가의 효용성을 따지지 않고, 내 마음대로 하고 싶은 것들을 한다. 이걸 배워서 어떻게 써먹을지 고민하며 배울지 말지를 고민하기보다, 하고 싶거나 배우고 싶은 게 있으면 일단 그냥 해보는 사치를 누린다.

스티브 잡스는 일단 여러 군데 점을 찍어 놓으면 어느 순간 마구 잡이로 찍어 놓은 점들이 연결되는 마법을 경험할 수 있다고 이야기하지만, 이제 나는 굳이 내가 찍은 점들이 연결되지 않아도 괜찮다고 생각한다. 그 점을 찍는 그 순간 나에게 의미가 있고 재미가 있다면 그걸로 충분히 괜찮지 않은가?

내가 앞으로 무엇을 하고, 어떤 것을 배우며, 어떤 삶을 살게 될지는 여전히 탐구 중이다. 수목형 사람들처럼 수많은 열매를 맺거나 큰 그늘을 만드는 커다란 나무가 되지는 못할 것이다. 하지만 갈 곳 없는 작은 곤충들에게 보금자리를 제공하는 것쯤은 해줄 수 있지 않을까?

48시간 동안 요거트를 만들며 배우는 것들 ───────

'20분 이상 시간이 걸리는 요리는 하지 않는다'는 오랜 기간 자취를 하며 생긴 나만의 원칙이었다. 밥은 한번에 많이 해서 냉동을 해놓고 닭가슴살이나 계란, 만두같이 간단하게 조리할 수 있는 식재료로 10분 안에 뚝딱 한 끼를 만들어 내곤 했다. 손질에 오랜 시간이 걸리는 야채는 큰맘 먹고 사다 놓아도 썩어서 버리기 일쑤였는데, 나중에는 한 끼 분량으로 소분해서 파는 야채나 오랫동안 보관이 가능한 냉동 야채가 그 자리를 대체해버렸다. 유일하게 내가 만든 요리다운 요리는 카레였는데, 한 번에 많은 양을 만들어 며칠을 먹을 수 있으니 그마저 한 끼로 따지면 20분이 채 걸리지 않는 셈이었다.

그랬던 내가 요즘에는 48시간을 기다리며 현미를 발아시켜 두유 요거트를 만들고, 서너 시간 반죽을 발효시켜 통밀빵을 만든다. 저녁에 먹을 청국장을 끓이기 위해 전날 밤부터 다시마와 표고버섯을 불려 채수를 준비한다. 물론 이런 기다림이 늘 성공을 가져오는 것만은 아니다. 굽는 온도를 잘못 맞춰서 반죽을 태워 먹기도 하고, 두유에 현미 발효종을 넣어 만든 요거트는 생각보다 더 시큼할 때도 있다.

예전에는 요리하는 시간은 나의 생산성에 아무런 도움이 되지 않는 시간이라 생각했다. 그래서 가능하면 가장 짧은 시간 내 최대의 효율을 내는 것이 중요했고, 20분이라는 시간은 내가 요리에 투자할 수 있는 최대치였다. 하지만 지금 나에게 요리는 하나의 즐거움이자 놀이이다. 그렇기에 예전에는 시간 낭비라고 여겼을 다양한 레시피를 시도하고, 때때로 실패하고, 다시 시도하는 과정이 더 이상 낭비로 느껴지지 않는다.

요리가 하나의 놀이가 되니 그 결과도 크게 신경 쓰이지 않는다. 내가 원하는 것이 '완벽한 빵'이라면 빵을 굽는 일은 성공을 향한 목표 달성의 과정이 된다. 한 치의 실수도 용납되지 않기에 빵을 만드는 긴 시간 동안 나는 계속해서 조바심과 불안을 느껴야 한다. 하지만 내가 원하는 것이 빵을 만드는 과정 그 자체라면, 그 모든 과정은 하나의 재미있는 실험이 된다. 실패해도 괜찮고 맛이 좀 없어도 상관없다. 애당초 빵을 만드는 목적은 완벽한 빵이 아니라 빵을 만드는 과정을 즐기기 위해서였으니까. 요거트도 마찬가지다. 처음 해보는 이 과정은 마치 과학 시간에 했던 실험처럼 재미있다. 시간이 지나며 현미의 발아를 관찰하고, 그 과정에서 보글보글 발효물이 만들어지는 것, 그 발효물을 두유에 넣고 시간이 지나며 액체가 굳어서 부드러운 고체가 되어가는 것을 관찰하는 과정 자체가 하나의 실험이자 놀이가 된다. 그렇게 조급함은 사라지고 그 자리에 호기심과 기쁨, 그리고 인내심이 자리한다. 그래서 요거트의 맛이 시큼하더라도, 빵이 생각만큼 부풀지 않더라도 괜찮다. 그 과정 자체가 이미 선물이었음을 알고 있으니까.

나는 왜 그렇게 효율성에 집착했을까?

요리하는 데 쓰는 20분이 그렇게 아까웠을 만큼, 나는 왜 그리도 효율성에 집착했던 걸까? 사실 나는 원래 그냥 재미있어서 하는 것을 좋아하던 사람이었다. 굳이 숫자로 결과가 나지 않더라도 내가 재미와 의미를 느끼면 그걸로 충분했다. 하지만 끊임없이 숫자로 자신을 증명해야 하는 일을 반복해서 하다 보면 숫자로 증명되지 않는 것들은 점점 중요하지 않다는 식으로 사고 구조가 바뀌게 된다. 효율성은 산출물을 최대화하기 위해 만들어진 개념이다. 최소한의 투입으로 최대한의 산출물을 만들어 낼 수 있을 때, 우리는 효율적이라 이야기한다. 하지만 더 많은 것을 효율적으로 만들어 내기 위해 노력하다 보면 실패와 실수, 장난과 재미, 그로 인해 창발되는 창조성이 존재할 공간은 점점 사라져 버린다.

일에서 시작된 효율에 대한 강박은 점점 내 일상에도 침투하기 시작했다. 나에게 주어진 모든 시간을 좀 더 효율적으로 사용해야 한다는 강박은 지금 이 순간을 온전히 즐기는 대신, 지금 내가 사용하고 있는 시간에 점수를 매기게 만들고 지금보다 더 효율적이고 가치 있는 순간을 추구하게 만든다. 효율적으로 시간을 사용하고 싶다는 강박은 아이러니하게도 나를 그 어떤 시간에도 온전히 존재하지 못하게 만든다. 무엇보다 나라는 존재의 가치를 계산 가능한 숫자로 가늠하게 만들어 버린다. 마치 계산대 위에서 선택받기를 기다리는 물건들처럼 말이다.

인간을 인간답게 만드는 것

분명한 쓰임을 가지고 있는 물건과는 달리, 인간은 분명한 쓰임이 없다. 모든 물건에는 사용 설명서가 있지만 인간은 정해진 사용 설명서를 가지고 있지 않다. 실존주의 철학자들은 인간을 목적 없이 세상에 던져진 존재라고 이야기하는데, 나는 그 목적 없음이야말로 인간의 존재를 아름답게 만들어 준다고 생각한다. 목적이 없을 때 존재 그 자체에 의미와 가치가 깃든다. 인간은 목적 없이 존재하기 때문에 의자보다, 책상보다, 자동차보다, 로봇보다 가치 있는 존재로 피어날 수 있다.

그렇기에 목적을 추구하는 효율성과 목적 없음을 추구하는 인간성 사이에는 언제나 모순이 존재한다. 인간이 진짜 인간다워지는 순간은 효율 따위 개나 줘버리고 효율에 대한 강박 없이 그저 즐겁기에, 그저 아름답기에, 그저 하고 싶기에 무언가를 창조하고 지금 존재하는 순간 아닐까? 이렇게 우리 가슴속 깊은 곳에 꼭꼭 싸매 왔던 창조성이 깨어나고, 창조성이 깨어날 때 우리는 자기 안의 신성과 연결될 수 있다.

요즘 내 삶은 그 어느 때보다 비효율적이다. 예전의 내가 요즘의 나를 바라보면 '너 그렇게 살다가 큰일 나!'라고 이야기할 것 같다. 그런데 요즘 나는 그 어느 때보다 행복하고 충만한 느낌이다. 예전의 내가 어딘가 있을지도 모를 행복을 잡기 위해 늘 동동거리며 조급해 했다면, 지금은 그저 가만히 나의 존재를 알아차리는 것만으로도 충분히 행복할 수 있다는 걸 안다. 서두르지 않고 조바심 내지 않는다. 불쑥 과거의 패턴이 찾아오면 미워하지 않고 측은하게 바라보며 이야기한다.

"열심히 하려는 네 모습이 대견하다. 하지만 삶을 늘 그렇게 조급하고 효율적으로 살 필요는 없어. 이미 지금 모습 그대로 충분하다는 걸 기억해!"

내가 집안일을 좋아하게 되다니 ─────

여성도 무엇이든 할 수 있고 무엇이든 될 수 있다는 것은 내가 자라면서 자연스럽게 익힌 신념이었다. 물론 사회에는 여전히 수많은 불평등이 존재한다. 우리집만 봐도 그렇다. 아빠와 엄마가 똑같이 일을 하고 들어와도 엄마는 그때부터 저녁 준비에 빨래에 집 청소까지 정신없이 일을 했지만, 아빠는 씻고 들어와 TV를 보는 것으로 하루 일과를 마무리했으니 말이다. 설날이나 추석 같은 명절에는 엄마와 하루 종일 전을 부치거나 송편을 만들었는데, 남자들은 손 하나 까딱 안하고 있는 게 얄미워서 나는 절대 제사 지내는 집에 시집가지 않겠다고 수십 번씩 다짐하기도 했다.

사회의 차별을 견디고 성공을 거둔 여성들의 이야기는 여러모로 영감을 주었다. 그들은 여성도 남성과 동등하게 사회에 참여해서 경쟁하고 승리해 쟁취할 수 있다는 것을 보여줬고, 나는 그들처럼 사회적으로 성공한 여성이 되고 싶었다. 여성이 집에서 밥하고 빨래하고 청소하는 건 우리 엄마 대에서 끝나야 한다고 생각했다. 엄마가 국이나 반찬 만드는 법을 알려주려 할 때마다 나는 "나중에 내가 일할 땐, 요리하는 거 몰라도 알아서 잘 먹을 수 있는 세상이 되어 있을 거야. 나는 엄마처럼 집안 살림하면서 살지 않을 거야"라고 말하며 엄마의 삶을 물려받지 않을 거라 되뇌곤 했다.

세월이 흘러 정말로 요리를 못해도 밀키트 하나면 그럴듯한 요리를 만들 수 있고, 핸드폰으로 뭐든 배달해 먹을 수 있는 시대가 되었다. 그런데 나는 몇십 년 전 엄마한테 당당하게 말했던 것과는 다르게 매일 국과 반찬을 만들어 집밥을 해먹고, 청소를 하고, 빨래를 한다.

그리고 이 생활이 매우 즐겁고 보람차다는 것을 알아가고 있다.

물론 처음부터 지금 같았던 건 아니다. 한창 열심히 일을 할 때 엄마에게 장담했던 것처럼 돈으로 모든 걸 해결했다. 매일 야근을 하면서 외식을 했고, 일이 없는 날에는 회식을 하거나 약속을 잡았다. 가끔 일찍 들어가 집에서 밥을 먹어야 할 때면 배달 음식을 시키거나, 귀찮으면 집에 쟁여 놓은 냉동식품으로 한 끼를 때우곤 했다. 바빠서 청소할 에너지가 없을 땐 시간제로 청소를 해주시는 분에게 청소를 맡겼고, 빨래가 귀찮을 땐 빨래 대행 서비스를 이용하기도 했다. 엄마에게 장담했던 것처럼 손 하나 까딱하지 않아도 버튼 몇 번만 누르고 그에 합당한 비용을 지불하면 나를 대신해 집안일을 해줄 사람을 쉽게 찾을 수 있었다.

살림, 생명을 구하고 살리는 것

누군가가 깨끗하게 청소해 준 집에 들어가면 기분이 좋다. 마치 호텔 방에 들어가는 것 같은 기분이 들기도 한다. 곱게 다려 개어 놓은 빨래 역시 기분을 좋게 만든다. 냉동 만두나 볶음밥은 단지 데우기만 해도 꽤 괜찮은 한 끼가 되는데, 먹을 때마다 어쩜 이렇게 맛있게 만들었는지 감탄하게 된다. 그런데 이런 생활을 반복하다 보면 어딘가 모를 허전함을 느낀다.

결과론적으로 보면, 생산성과 효율성의 관점에서 보면, 부족함이라고는 전혀 찾아볼 수 없다. 하지만 이곳에는 삶의 생기와 정성이 없다. 내 공간이지만 공간을 향한 정성 어린 손길은 찾아볼 수 없고, 음식은 맛있지만 엄마가 해 준 집밥과 같은 따뜻함은 찾아볼 수 없다. 눈으로 볼 수도, 측정할 수도 없는 정성과 따뜻함이 빠졌을 뿐인데,

그것이 만들어 내는 차이는 생각보다 더 크다. 물고기가 물의 소중함을 모르고 우리가 공기의 소중함을 모르듯, 늘 내곁에 있을 때 우리는 그것이 얼마나 소중한지 쉽게 잃어버린다.

집에 돌아오면 풍기는 갓 지은 밥과 국, 반찬의 냄새, 청소를 하며 요리조리 가구의 배치를 고민하던 공간에 어린 엄마의 손길, 매일 침대맡에 놓여 있던 깨끗한 옷가지, 부모님과 함께 살 땐 너무나 당연하다 생각했고 엄마가 이 모든 것들을 하는 건 불공평하다 생각했다. 그래서 나는 더 이상 그런 일을 하지 않을 거라 다짐했지만 그때 나는 단순히 기능적인 측면에서 바라봤을 뿐, 집안일이 가지고 있는 측정할 수 없는 가치를 알아보지 못했다.

우리는 집안일을 '살림'이라고 표현한다. 현경 교수의 책 『미래에서 온 편지』에는 살림이 가지고 있는 두 가지 의미에 대해 이야기한다. 살림은 한 집을 이루며 살아가기 위한 활동, 즉 가사 노동을 이야기하기도 하지만, 생명을 구하고 살린다는 뜻이 되기도 한다. 부모로부터 독립해서 혼자 살림을 꾸리며 살아보니, 살림이란 정말 사람을 살리는 일이라는 것을 알게 된다.

일이 바쁘고 시간이 없으면 우선 집이 엉망이 되고 빨래가 쌓인다. 끼니를 제대로 챙겨먹지 못하고 배고픔을 면하기 위해 이런저런 것들을 먹다 보면 자연스레 건강이 안 좋아진다. 잠을 자고 생활하는 공간이 어지러우면 마음도 몸도 망가지게 된다. 물론 돈을 써서 공간을 청소하고 빨래를 할 수도 있지만, 누군가 살뜰히 챙겨주는 사람의 존재가 있는 것과 돈을 써서 문제를 해결하는 것의 차이는 생각보다 크다.

돈으로 환산되지 않는 정성과 사랑의 가치를 다시 마주하기

여성운동은 여성을 가사노동으로부터 해방시키고 있고, 나는 여성도 차별없이 사회활동에 참여할 수 있어야 한다고 생각한다. 하지만, 그 과정에서 가사노동이 충분히 대체될 수 있는 값싼 노동으로 평가절하되는 것은 불편하다. 여성운동은 여성을 집안일로부터 해방시키기는 했지만, 집안일 그 자체가 가지고 있는 고유한 가치가 얼마나 중요한지에 대해서는 그다지 이야기하지 않는다.

우리가 왜 가사노동을 평가절하하는지를 살펴보면, 이곳에서도 철저히 생산과 효율에 의해 모든 것들을 숫자로 치환하려는 노력이 들어가 있다는 사실을 발견할 수 있다. 바깥에서 하는 일은 몇 시간을 일하고 한 달에 얼마를 번다는 식으로 언제나 명료하게 숫자로 치환될 수 있고, 이에 따라 가치를 쉽게 측정할 수 있다. 반면 살림은 숫자로 치환되기 어렵다. 물론 경제학적으로 집안일이 가지는 경제적 가치를 평가하려는 노력이 있고, 요즘에는 집안일의 가치를 월 얼마라는 금액으로 환산하기도 하지만, 그곳에는 정말 중요한 것이 빠져 있다. 바로 절대 돈으로 환산할 수 없는, 사랑과 정성의 가치이다.

이제 나는 우리가 일반적으로 가지고 있는 집안일이라는 고정관념에 반박하고 싶다. 집안일은 바깥일만큼이나 중요하다. 다른 사람의 마음을 읽는 만큼이나 내 마음을 알아차리는 것이 중요하듯, 바깥에서 일을 잘하는 만큼이나 자신이 살아가는 공간, 내가 먹는 것, 내가 자는 곳, 생활하는 곳을 정성스럽게 가꾸는 것은 중요하다.

이 말은 여성들이 사회활동을 멈추고 다시 집으로 돌아가서 집안일을 해야 한다는 것이 아니다. 남성과 여성 모두 바깥일에 쏟는 관심만큼이나 집안 살림에 관심을 가지고 그 중요성을 인지해야 하며 성별에 관계없이 집안일 하는 사람을 존중하고 그 가치를 알아봐야 한다는 의미다.

나에게 집안일은 나를 살리는 활동이다. 마음이 어지럽고 힘들 땐 집도 어지러워지고 저절로 인스턴트 식품이나 배달 앱에 손이 가곤 한다. 그럴 땐 살림을 시작한다. 어지럽혀진 집을 정돈하고, 깨끗하게 빨래를 한다. 채소와 좋아하는 버섯을 잔뜩 사와 손질을 한다. 입지 않은 오래된 옷들과 사놓고 쓰지 않는 잡동사니들을 버린다. 그럼 신기하게 조금씩 몸도 마음도 살아난다. 살림은 나를 살린다. 그리고 우리가 살람의 진정한 가치를 발견할 수 있다면, 살림은 우리 모두를 살릴 것이다.

공부가 이렇게 재밌는 거였나?

대학원에 다니기 시작했다. 사회 생활을 시작한 이후론 계속해서 내 안에 있는 것을 쓰면서 살아왔다면, 이제는 무언가를 채우고 싶다는 생각이 들었다. 무엇보다 지금까지는 의무적으로 해야 하거나 어떤 목표를 달성하기 위한 목적을 가지고 배웠다면 이제는 이것저것 따지지 않고 내가 정말 배우고 싶은 것, 진짜 흥미 있고 재미있는 것을 공부해 보고 싶었다.

내가 선택한 전공은 '명상학'이다. 대학에서는 화학공학과 경제학을 복수전공했고, 해외영업, 마케팅, 기획, 사업총괄을 거쳐 창업도 했던 내가 갑자기 명상을, 그것도 학문으로 배운다니 좀 생뚱맞은 경로이긴 하다. 명상을 공부한다고 이야기하면 대부분의 사람들은 당연히 사업과 연결해서 명상센터를 만든다거나 명상을 지도하는 프로그램을 만들 계획이 있을 것이라 지레짐작한다. 심지어 교수님들도 그냥 공부하고 싶어서 학교를 다니고 있다고 이야기하면 의아하게 여기며, 아직 나이도 어리니 지금 공부한 내용을 잘 활용해서 사업을 하든 지도를 하든 커리어를 만들어 보라고 이야기한다.

물론 무언가를 배우고, 그 배움이 찰랑찰랑 채워져 세상을 향해 이롭게 쓰이며 누군가에게 도움을 주면서, 돈까지 벌 수 있다는 건 더할 나위 없이 좋은 일이다. 나 역시 언젠가는 지금 공부한 것들을 세상에 펼치고 싶은 마음이 들 수도 있다. 하지만 지금 당장은 정말 오랜만에 특별한 목표 없이 무언가에 즐겁게 몰두할 때만 느낄 수 있는 순수한 즐거움을 느끼고 싶다.

그냥 재미있고 하고 싶으니까

내가 '명상학'을 선택하고 배우는 이유는 정말 '그냥 배우고 싶어서'이다. 깊은 번아웃을 경험하고, 내가 원한다고 믿었던 것들을 어느 정도 성취했음에도 더 이상 행복해지지 않는다는 것을 깨달았다. 이렇게 살면 행복할 수 있을 것이라 생각해서 온갖 노력을 다 했는데도 행복하지 않다면, 나는 도대체 어떻게 살아야 할까? 지금까지는 세상에서 이야기하는 답을 쫓아서 살아왔는데, 그게 답이 아니라면 답을 어디에서 찾아야 하는 걸까?

그런 고민 속에서 명상을 만났다. 사실 명상이 '짠' 하고 답을 제시해 준 건 아니었다. 오히려 명상은 내가 알아차리지도 못하고 있었던 내 안의 수많은 목소리를 깨워냈다. 내 안에서 이렇게 수많은 목소리가 싸우고 있었다는 것을 전에는 알지 못했다. 내가 얼마나 편향된 시선으로 세상을 바라보고 있었는지도 알게 되었다. 내가 보고, 듣고, 믿어왔던 세계는 실재하는 세계가 아니라 내 기준으로 교묘하게 편집된 가짜 세계라는 것을 알게 되었다. 그리고 그 가짜 세계를 진짜라 믿으며 수많은 괴로움을 만들어 내고 있다는 것도 알게 되었다.

이 세계에 대해 좀 더 배워보고 싶어졌다. 우리 마음이 어떻게 만들어졌는지, 왜 우리는 괴로워하는지, 그 괴로움을 어떻게 해결할 수 있는지 더 알고 싶었다. 현실적으로 생각하면 졸업 후 진로가 보장된 것도 아니고 남들이 이름만 들으면 아는 대학도 아니며 등록금만 해도 몇천만 원을 써야 하지만 내가 배우고 싶은 것을 배울 수 있다는 것만으로도 충분한 보상이라는 생각이 들었다.

양반만 가능했던 라이프스타일

생각해보면 인류가 이렇게 마음껏 공부하고 배울 수 있는 시대가 찾아온 건 불과 백 년이 채 되지 않았다. 석기시대를 살았던 수만 년 전의 조상들에게 가장 중요한 것은 생존 그 자체였다. 매일 아침 일어나서 가장 먼저 해야 할 일은 그날 먹을 물과 식량을 구하는 일이었을 것이다. 문자도 책도 없었을 때이니 책을 읽는다든가 글을 쓰는 행위는 상상할 수도 없었을 것이고, 대부분의 시간은 기본적인 의식주를 해결하기 위한 고된 노력의 연속이었을 것이다.

농경과 목축이 시작되고 문명이 탄생하면서 최초의 문자가 생겨나고 지금까지도 이어져 오는 문학작품과 철학이 탄생했지만, 배울 수 있는 기회를 가진 사람들은 아주 극소수였고, 대부분의 사람은 평생 생존을 위해 노동을 하며 살아야 했다. 우리나라만 보아도 삼국시대에서 고려시대, 조선시대까지 천 년이 넘는 시간 동안 생존 모드에서 벗어나 지식을 탐구하고 글을 쓰고 책을 읽는 특권을 가진 사람들은 소수의 귀족 계급뿐이었다. 인구의 대다수를 차지하는 평민, 농민 계급의 사람들에게 교육과 지식의 탐구는 그야말로 꿈도 꿀 수 없는 사치였던 것이다.

산업혁명으로 촉발된 생산성 폭발과 자본주의가 만들어 낸 극대화된 효율성은 생존에 매달렸던 과거의 생활이 상상이 되지 않을 정도로 많은 것을 바꿨다. 이제 사람들은 매일 아침 일어나서 먹을 것이 있는지를 걱정하지 않는다. 대신 어떻게 하면 살을 빼고, 혈압과 콜레스테롤 수치를 낮출 수 있을지 고민한다. 세탁기, 냉장고, 청소기, 가스레인지와 같은 가전제품은 가사 노동에 필요한 시간을 획기적으로 단축시켰다. 과거에는 아무리 공부를 하고 싶어도 태어난 계급이 낮으면 글을 배울 기회조차 주어지지 않았지만, 이제는 모든 사람들이 초등 6년과 중등 3년의 의무교육을 받게끔 법으로 지정하고 있다.

뉴스에서는 사회가 점점 양극화되고 있다고, 매년 살기가 점점 팍팍해진다고 이야기하지만 시계열을 길게 늘려서 우리가 살고 있는 세상을 바라보면 우리는 그 어느 때보다 풍요롭고 편리한 시대를 살아가고 있다. 물론, 남과 나를 비교하며 상대적 빈곤과 결핍에 빠지지 않을 수 있다면 말이다.

나는 좀 더 넓은 집과 조금 더 좋은 차, 명품 가방과 화장품 대신 조선시대 관직에 진출하지 않았던 양반들처럼 매일 책을 읽고 글을 쓰는 호사를 누리기로 선택했다. 사실 조선시대 양반들보다 내 형편이 훨씬 더 좋은 것 같기도 하다. 인터넷 덕분에 전 세계에 있는 정보에 손쉽게 접근할 수 있고, 웬만한 책들은 주문하면 하루만에 배송이 되며, 추위에 떨거나 더위에 고생하지 않아도 되고, 유교라는 범위 안에서만 공부할 수 있었던 양반들과는 다르게 내 맘대로 내가 공부하고 싶은 것을 고를 수 있으니 말이다.

그냥 즐거워서 하는 것의 힘

배움이 돈이나 직업, 일로 연결되지 않더라도 괜찮다는 이 감각은 꽤나 생경하다. 생각해 보면 직장생활을 시작한 이후로 정말 재미만을 위해 뭔가를 한 기억이 거의 없다. 일이 재미없었던 건 아니지만 일에는 늘 이유가 있었고 달성해야 하는 명확한 목표가 있었다. 아무리 의미 있고 즐거웠던 일도 그 일이 목표에 기여하지 않았다면 그 일은 가치 없는 일로 취급받기 십상이다. 그리고 이 감각은 삶의 다른 부분에도 조금씩 전염된다. 우리는 확실한 결과가 나오는 일이 아니라면 시간 낭비라고 생각하며 그냥 하기보다는 목적이 확실한 일을 해야 한다고 스스로를 세뇌한다.

철학자 한병철은 『피로사회』에서 신자유주의가 촉발한 경쟁 논리가 삶의 전 영역을 지배하며 개개인이 스스로를 경영하는 경영자가 되었다고 이야기한다. 경영자의 목적은 생산성을 극대화해 최대한의 성과를 뽑아내는 것이다. 과거에는 착취자와 피착취자가 달랐고, 권위를 가진 외부 대상이 착취자로서 작용했다면, 우리 모두가 자신의 경영자가 되는 현대사회에서는 착취자와 피착취자가 동일해진다. 즉, 나를 착취하려는 사람과 착취의 대상이 모두 '자기 자신'이 된다는 것이다.

이렇게 자신이 스스로를 착취하는 주체가 되면, 자유롭다는 느낌을 동반하므로 더 효율적으로 착취할 수 있고 이는 필연적으로 영혼을 소모하며 개인의 본질적인 자아를 상실하게 만든다. 한병철의 말에 따르면 자기계발과 트렌드 전문가들의 말을 열심히 듣고 따를 때, 우리가 결국 만나게 되는 것은 탈탈 털려 재도 남지 않은 소모된 자기 자신일 뿐이다.

열심히 목표를 달성하고 성과를 내는 것은 값진 일이다. 하지만 삶의 모든 것이 성과에 매몰되어 있다면 변화가 필요하다. 얼마 전 철학자 한병철의 내한 강연을 들은 적이 있다. 그는 행복은 손에서 나온다며 틈날 때마다 피아노를 치고 가드닝을 한다고 이야기했다. 그가 아무리 피아노를 쳐도 위대한 피아니스트가 되지는 않을 것이고 그도 그것을 꿈꾸지 않을 것이다. 그는 그냥 즐거워서, 피아노의 건반이 만들어 내는 소리의 공명이 경이로워서 피아노를 치고 그것을 통해 즐거움을 느낀다.

어쩌면 지금의 나에게 공부란 그런 것이다. 그냥 좋으니까 하는 것, 그러다 우연한 발견의 기쁨에 놀라게 되는 것이다. 내가 알고 있던 세계가 얼마나 작은지를 깨닫게 해주는 새로운 지식을 접할 때마다, 어렴풋이 알던 개념이 명료해지고 이를 통해 안에서 복잡하게 꼬여 있던 개념들이 정리될 때마다 즐거움과 희열을 느낀다. 성현들이 탐구했던 진리를 탐구하며 즐거움을 느낄 수 있게 해주는 것으로 이미 공부는 그 역할을 다 했으니 더 이상 바랄 것이 없다.

내가 배우는 것들이 나의 일을 더 효율적으로 만들어 준다거나, 더 많은 돈을 벌게 해주지 않아도 괜찮다. 굳이 이 공부를 통해 학위를 받지 않아도 괜찮다. 신이 나서 열심히 할 때도 있지만, 때때로 하기 싫으면 다시 하고 싶은 마음이 들 때까지 멈추기도 한다. '다시 공부하고 싶은 마음이 들지 않으면 어쩌지?'라는 걱정 같은 건 하지 않는다. 그런 마음이 들면 그만 둬버리면 되니까. 간절함이 없기에 학문적으로 진일보하거나 대가가 되기는 어렵겠지만, 덕분에 그냥 재미있어서 하는 즐거움을 얻는다. 그걸로 충분하다.

5장

돈에 대한 두려움을 벗으니
자유가 있었다

가난한 노년을 보내지 않을 거야 ————————

우리가 살아가는 자본주의 사회는 말 그대로 돈을 중심으로 움직인다. 개인의 사적 소유가 보장되고, 시장경제의 수요와 공급에 따라 가격이 결정되며 자원이 배분된다. 삶에 필요한 대부분의 재화와 서비스는 시장에서 거래되기 때문에, 돈만 있으면 자신이 원하는 것을 쉽게 구할 수 있다. 돈은 자연스럽게 가치를 판단하는 기준이 되고, 우리는 점점 모든 것의 가치를 돈으로 치환해서 생각하는 데 익숙해진다. 심지어 세속적인 가치를 뛰어넘어 살아갈 것을 약속하는 종교인조차 어떻게 하면 더 많은 돈을 벌 수 있을지 궁리한다.

자연스럽게 돈은 우리의 욕구와 연결된다. 어떤 사람들에게 있어, 돈은 인정욕구와 연결되어 더 많은 돈을 벌고 그것을 과시해야 자신의 존재가 인정받는다고 느낀다. 돈이 존중의 욕구와 연결되어 자신의 권위를 보여주기 위해 이미 평생 쓰고도 남을 돈을 벌고도 더 벌기 위해 애쓰는 사람도 있다. 나에게 돈은 안정의 욕구와 연결되어 있다. 사업을 하시는 부모님이 돈 때문에 겪은 다양한 어려움을 보며 자란 나에게, 돈이 없다는 것은 곧 안정적인 삶을 유지할 수 없다는 두려움과 연결되었다. 돈을 많이 벌어 명품 가방을 사거나 좋은 차와 집을 갖고 싶다는 욕심은 없었지만, 충분한 돈이 없기 때문에 겪을 수밖에 없는 생활의 불안은 반드시 피하고 싶었다.

또렷해진 두려움의 이미지

대학을 졸업하자마자 일단 돈을 많이 주는 회사에 들어가야겠다고 생각한 것도, 진짜 하고 싶은 일을 하기 위해서는 어느 정도 저축이 필요하다고 생각했기 때문이다. '굶어 죽진 않겠지'라고 생각하며 무작정 도전할 용기가 나에게는 없었다.

2009년 겨울, 첫 출근을 했다. 회사는 강남역에 있었고 우리 집은 서울에서도 동쪽 끄트머리인 성북구 장위동이었다. 당시 회사는 아침 8시에 출근해서 5시에 퇴근하는 정책을 가지고 있었다. 지하철을 갈아탈 때 사람이 너무 많아 몇 대를 그냥 보내는 상황까지 고려하면 적어도 1시간 30분 전에는 출발해야 회사에 지각하지 않고 도착할 수 있었다. 영하로 내려간 추운 겨울날, 몇 걸음만 걸어도 발이 꽁꽁 어는 뾰족 구두를 신고, 아직 해가 뜨지 않은 어두컴컴한 골목길을 걸었다. 그리고 지하철 역까지 걸어가던 그 길에서 리어카를 끌며 폐지를 줍는 어르신들을 보았다.

나보다 이른 시간에 나와 벌써 동네를 한 바퀴 돌며 폐지를 줍는 어르신들의 등은 굽어 있었고, 리어카에는 폐지와 상자가 수북이 쌓여 있었다. 그분들의 표정이 어땠는지는 모르겠다. 나는 늘 졸리고, 피곤하고, 추웠고, 지각할까 봐 종종걸음으로 걷고 있었기에 세심하게 이것저것 관찰할 여유는 없었으니까. 그래서 나는 당시 내가 느꼈던 감정과 고통을 그대로 어르신들에게 투사했다. 젊은 나도 추운 겨울 새벽에 출근하는 게 이렇게 힘들고 괴로운데, 나이 지긋한 어르신들은 얼마나 더 춥고 힘드실까. 그리고 그 생각은 곧 내가 가지고 있는 돈에 대한 두려움과 연결되었다. 그동안 내가 가지고 있던 돈에 대한 두려움이 실체 없는 허수아비 같았다면, 이제 두려움은 또렷한 이미지를 가지고 있었다. 이제 갓 사회생활을 시작한 나는 지금 열심히 일하지 않으면 먼 미래에 힘든 노년을 맞이할 수도 있다는 두려움에 압도당하기 시작했다.

힘든 노년을 보내지 않으려면 절대 퇴사해선 안 돼

처음으로 진지하게 퇴사를 고려하며, 평소 친하게 지내던 인사팀 선배를 찾았다. 평소 다정했던 선배는 유난히 차갑고 냉정하게 이야기했다.

"정말 솔직하게 이야기하면, 우리 회사 퇴사하고 잘된 사람은 한 명도 못 봤어"

선배의 한마디는 나에게 추운 새벽 폐지를 줍고 계신 어르신들의 이미지를 떠올리게 했다. 제대로 할 줄 아는 것도 별로 없는 신입에게 이렇게 두둑한 월급과 성과급을 주는 따듯한 회사의 품을 떠나도 괜찮은 걸까? 내가 하고 싶은 것을 한다고 패기 있게 회사를 관뒀는데, 결국 내가 하고 싶은 것이 뭔지 찾지 못하고 재취업도 못하다 몇십 년 후에는 추운 새벽에 폐지를 주워 생계를 꾸려야 한다면 어떻게 하지? 그때의 나는 지금의 나를 얼마나 원망할까?

두려움의 이미지는 모든 논리적 비약을 허용하며 상상할 수 있는 최악의 시나리오를 만든다. 나는 내 고통과 두려움을 투사한 '폐지 줍는 노인'이라는 이미지에 매몰되어 수십 년 후의 미래를 상상하고 두려워하기 시작했다.

진실은 내가 투사한 두려움과는 다른 모습을 하고 있다

친구와 서로가 가지고 있는 두려움의 이미지에 관해 이야기한 적이 있다. 나는 내가 가지고 있는 두려움의 선명한 이미지를 이야기했다.

"새벽 출근길에 구부정한 허리로 리어카를 끌며 폐지를 줍고 계신 어르신들을 만나면, 아무리 하기 싫은 일이라도 열심히 시키는 대로 일을 하며 열심히 돈을 모아야 할 것 같아. 내 맘대로 하고 싶은 일을 하고 싶다고 퇴사를 하면, 먼 미래에 빈곤한 노인이 되어 추운 새벽에 폐지를 주우며 살게 되지는 않을까 하는 두려운 마음이 들어."

수화기 너머 친구는 놀랍고 재밌다는 듯 이야기한다.

"정말? 신기하네. 그런데 우리 할머니는 아침 일찍 일어나는데 할 일도 딱히 없고, 심심하니까 운동 겸 동네 다니면서 폐지를 주우실 때가 있어. 할머니는 그렇게 살림이 어렵지 않으셔서 엄마도 하지 말라고 하는데도, 운동도 할겸 재밌다고 계속하신다니까? 그러니까 네가 만났던 어르신들이 모두 힘들고 불행한 마음으로 폐지를 줍진 않았을 수 있어. 원래 노인분들은 아침에 엄청 일찍 일어나시잖아."

매일 새벽, 하기 싫은 출근을 하며 나는 늘 지쳐 있었고, 힘들었다. 그렇기에 너무 당연하게 내가 마주치는 어르신들 역시 지치고 힘들 것으로 생각했다. 내가 선명하다고 믿었던 두려움의 이미지는 사실 내 마음속 두려움이 만든 허상이었다. 물론, 우리나라의 노년 빈곤율은 매우 높고, 생계를 위해 힘들게 폐지를 줍는 어르신들이 계신다는 현실을 외면하려는 것은 아니다. 하지만, 중요한 건 진실은 언제나 내가 투사한 두려움과는 다른 모습을 하고 있다는 것이다.

어쩌면 나는 지금보다 훨씬 잘 될 수도 있다

친구의 이야기를 들으며, 내가 가지고 있는 두려움에 압도당하는 대신 깐깐하고 이성적으로 상황을 분석해 보기로 했다. 인사팀 선배는 퇴사하고 잘 된 사람은 한 명도 못 봤다고 이야기했지만, 그건 다분히 선배의 기준에서 잘되고 못됨의 판단일 뿐이다. 선배의 기준에서 실패라고 여겨지는 사례가 내 기준에서는 성공이 될 수도 있다. 그리고 선배도 나보다 고작 몇 년 선배일 뿐 장기적인 관점에서 그 사람이 잘되고 못되었는지 판단하기에는 표본도 너무 작고 기간도 너무 짧다. 서점에 가면 퇴사하고 더 잘된 사람의 이야기를 수도 없이 찾을 수 있다. 인사팀의 고과 기준 중 하나는 사람들의 퇴사율이다. 그러니 선배는 자신을 위해서라도 내가 퇴사하는 것을 막고 싶은 마음이 들었을 수 있다. 게다가 선배는 내가 회사에서 자리 잡을 수 있게끔 이런저런 도움도 많이 주었으니 내가 퇴사하는 걸 더욱 서운해했을 수 있고, 그런 마음이 말에 반영되었을 수 있다. 그러니 선배의 말 한마디에 불안해하며 두려움을 느낄 필요는 없다.

물론 퇴사하고 내가 하고 싶은 일을 하다 보면 돈은 적게 벌 수도 있고, 방황할 수도 있다. 하지만 그 과정을 통해 안락하고 편안한 곳에서 배울 수 없는 수많은 야생의 기술들을 배울 것이다. 또다시 대기업에 취업하지 못한다고 하더라도 내가 배운 기술을 분명 써먹을 수 있는 곳이 있을 것이다. 지금처럼 많은 월급을 받지는 못하겠지만 꼬박꼬박 저축하고 투자하면 노후를 걱정할 처지는 면할 수 있을 것이다. 그리고 노후에 정말 돈이 없다면 한국보다 물가가 훨씬 저렴한 동남아에서 살 수도 있다. 적어도 그곳은 춥지 않을 것이고 한국보다 물가가 훨씬 저렴하니 생각보다 안락하게 노후를 보낼 수도 있다. 반대로, 어쩌면 나는 지금보다 훨씬 잘될 수도 있다. 내가 좋아하는 일을 찾고, 그곳에서 돈을 많이 벌 수도 있다. 지금처럼 매일 고통스럽게 출근하지 않아도 되는 삶을 발견할 수도 있다. 어쩌면 한국이 아닌 다른 나라에서 일을 하며 살게 될 수도 있고, 노트북만 가지고 어디든 여행하며 살 수도 있다.

　퇴사 후 내가 어떻게 될지는 사실 아무도 모르는 것이고 예측할 수도 없다. 그건 오직 내가 삶을 통해서 증명할 수밖에는 없는 것이니까. 정말 중요한 건 아무것도 하지 않으면 아무 일도 일어나지 않는다는 사실이다. 혹시나 일어날지 모르는 두려운 미래가 걱정되어서 불행하지만, 안락한 지금의 삶을 선택한다면 나는 평생 내가 경험할 수 있었던 다른 삶을 부러워할 것이다. 두려움의 이미지는 우리의 생존본능을 자극하여 이성적으로 사고하고 우리 영혼의 목소리를 들을 수 있는 능력을 마비시킨다. 삶의 목적은 두려움의 이미지로부터 벗어나는 것으로 격하되어 버린다. 생존을 위한 삶은 어느 면에서는 필연적이지만, 삶의 목적이 생존 그 자체가 되어버릴 때 우리는 자신이 살아낼 수 있었던 수많은 가능성의 문을 스스로 닫아버린다.

두려움을 벗어내니 자유가 있었다

　나는 안락했지만 불행했던 첫 회사에서 퇴사했다. 그 후 두 번의 창업을 하고, 두 개의 회사에 다녔다. 첫 회사에서 받던 월급에 한참 못 미치는 돈을 벌 때도 있었고, 훨씬 많은 돈을 벌 때도 있었다. 그리고 그 모든 과정을 통해 내가 배운 한 가지는 두려움이 이끄는 선택이 아닌, 조금 위험해 보여도 내 가슴이 이끄는 선택을 했을 때, 내가 삶에서 정말 배워야 하는 것들을 배우고 성장할 수 있었다는 사실이다.

　올해 들어 처음으로 온도가 영하로 내려간 날, 나는 여유롭게 아침을 먹고 커피를 마시며 이 글을 쓰고 있다. 더 이상 추운 겨울날에 발이 얼어붙을 것 같은 구두를 신고, 졸음과 추위를 견디며 출근하지 않는다. 그때 두려움이 주는 이미지에 마비되어 더 나빠지지 않기 위해 아무것도 변화하지 않는 삶을 선택했다면, 아마도 나는 오늘도 피곤에 절여진 채 추위에 덜덜 떨면서, 퇴사하고 싶다고 되뇌며 출근하다 동네 어귀에서 폐지 줍는 어르신들을 보며 내가 할 수 있는 최선의 선택은 미래의 큰 불행을 막기 위해 현재의 작은 불행을 감내하는 것이라 스스로를 다독이며 위안했을지도 모른다.

내 안에는 여전히 다양한 두려움의 이미지들이 있고, 때때로 이 이미지는 나를 생존모드로 끌어당긴다. 하지만 그때마다 건강을 위해 폐지를 줍는 친구의 할머니를 떠올려 본다. 두려움은 언제나 수많은 논리적 비약을 거쳐 최악의 상황으로 나를 끌어당기지만, 내 무의식이 마음대로 만들어 낸 그 이미지에 내 인생의 중요한 선택을 맡기지는 않을 것이다. 과거에도, 지금도, 미래에도 말이다.

히피 언니에게 배우는 경제적 자유 ────

"여행을 하다 우연히 사주를 본다는 사람을 만난 적이 있어. 그런데 그 사람이 내 사주를 보더니 내 재물 그릇이 엄청 작다는 거야. 작은 찻잔처럼. 그런데 그 잔이 언제나 찰랑찰랑 차 있어서 언제나 풍요로움을 느끼면서 살 거래. 그런데 정말 맞는 것 같아. 내가 필요하다고 생각한 건 언제나 채워졌거든"

이 사주의 주인공은 '히피 언니'다. 우리는 2016년쯤 발리 우붓에서 요가를 하다 만났다. 여행지에서 만나지 않았다면 서로의 삶을 상상할 수 없을 정도로 우린 너무 다른 삶을 살아왔다. 히피 언니는 태어나서 한 번도 직장에 다닌 적이 없다. 여행할 수 있는 돈이 생기면 어디로든 훌쩍 여행을 떠났고, 돈이 떨어지면 다양한 일을 하며 돈을 벌었다고 했다. 대신 시간 부자로 사는 덕에 최저가 항공권 날짜에 맞춰서 훌쩍 여행을 떠나곤 한다. 발리 여행도 18만 원짜리 초특가 항공권을 발견한 덕에 훌쩍 떠나왔다고 했다.

나는 언니와는 정반대의 삶을 살았다. 두둑한 월급을 받는 대신 내가 가진 시간의 대부분을 회사에 저당 잡혔다. 일 더미에 파묻혀 살다가 더 이상 견딜 수 없다는 느낌이 들면 두둑한 지갑을 가지고 여행을 떠났다. 휴가 일수가 정해져 있으니, 주말에 떠나는 가장 비싼 비행기 표를 끊었고 실패할 확률이 없는 숙소를 비싸게 예약했으며, 한 끼라도 맛없는 음식을 먹고 싶지 않아 유명하다는 맛집을 순례했다. 집에 돌아오면 거들떠보지 않을 수많은 기념품을 바리바리 사 들고 집에 돌아와 다시 출근하는 삶을 반복했다.

더 많이 가지면 더 많이 행복해질까?

나만 특이한 건 아니었다. 내 주변 사람들은 모두 나와 비슷하게 살고 있었다. 우리의 최종 목표는 돈이 아니지만, 행복해지기 위해 어느 정도의 돈과 안정은 꼭 필요하다고 생각했다. 신기하게 꼭 필요하다고 여기는 돈의 크기는 점점 커져만 갔다. 학생 때는 통장에 100만 원만 있어도 안정감을 느꼈는데, 언젠가부터 그보다 훨씬 큰 돈이 있어도 왠지 모를 불안감을 느꼈다.

자기계발 강사들은 천편일률적인 성공의 모습을 강요하며 누구나 노력만 하면 부자가 될 수 있다고, 그것이 행복의 필요조건이라고 이야기한다. 이들이 공통적으로 이야기하는 것 중 하나는 부를 담을 수 있는 그릇의 크기를 키워야 한다는 것이다. 그릇을 키워야 그릇의 크기에 맞는 재물을 불러들일 수 있다는 것이다. 그들은 자본주의 사회에서 도태되지 않고 살아남기 위해 정신차리고 열심히 일해 몸값을 높이고 열심히 재테크를 해서 자산을 쌓아야 한다고 말한다. 『거울 나라의 앨리스』에 나오는 붉은 여왕이 '여기에서는 제자리에 있으려면 계속 달려야 해'라고 이야기하듯 가만히 있는 건 도태되는 것이고, 더 많이 가지기 위해 끊임없이 노력해야 성공하고 행복한 삶을 살 수 있다고 이야기한다.

히피 언니를 만나기 전까지, 나는 완벽하진 않지만 자본주의의 공식을 지키며 사는 것이 내가 선택할 수 있는 유일한 정답이라고 믿었다. 내 주변에 있는 사람들 대부분은 각자 자기의 방식으로 이 공식을 지키기 위해 노력하며 살고 있었다. 그런데 내가 가지고 있는 데이터에 맞지 않는 사람이 나타났다. 그리고 이 사람은 내 주변의 어떤 사람보다 삶에 만족하며 살고 있었다.

히피 언니는 그릇의 크기를 키우기 위해 노력하는 대신, 자기가 가진 작은 재물 그릇 덕분에 아주 적은 것을 가지고도 풍족한 기분이 든다고 이야기했다. 언제나 채워지기에 부족한 것이 없는 것이다. 이상했다. 내 주변에는 히피 언니보다 100배는 더 많이 가지고도, 더 가져야 한다고 이야기하는 사람들이 널렸는데, 언니는 그들보다 훨씬 적은 것을 가지고도 충분히 많이 가지고 있다고 이야기했고, 훨씬 행복해 보였다. 내가, 그리고 우리가 놓치고 있는 건 뭐였을까?

돈으로 살 수 있는 행복

돈으로 쉽게 살 수 있는 편안함과 행복감이 있다. 이를테면 비즈니스 클래스 항공권이나 5성급 호텔이 주는 호사로움, 감탄이 나오는 미슐랭 레스토랑, 아픈 곳을 시원하게 풀어주는 스파 같은 것들이다. 이런 것들에 익숙해지다 보면, 이런 것들이 없는 삶으로 돌아갔을 때 행복감이 떨어질 것 같다는 두려움에 빠지게 된다.

한창 열심히 돈을 벌 때, 스스로에게 주는 가장 큰 호사는 일주일에 한 번씩 비싼 스파를 받는 것이었다. 일에서 오는 스트레스 때문인지 어깨와 목 근육은 늘 뭉쳐 있었고, 매일 커피를 대여섯 잔씩 마시며 만성피로에서 벗어나려 몸부림치던 시기였다. 마침 회사 앞에 유명한 브랜드의 스파가 생겼다. 열심히 고생하는 나에게 보상을 해주고 싶다는 마음에 결제를 했다. 스파에 가면 좋은 향기가 나는 입욕제를 넣고 반신욕을 했다. 뭉친 근육을 풀어주는 마사지를 받을 땐 나도 모르게 잠이 들었다. 마사지가 끝나면 따뜻한 차와 쿠키를 먹었다. 고생한 나를 제대로 대접하는 느낌이 정말 좋아서, 스파를 꾸준히 받기 위해서라도 열심히 일해야겠다고 결심하며 다음 예약을 잡곤 했다.

그렇게 매주 스파를 받던 시기에는 이걸 받지 못하면 삶의 질이나 행복감이 떨어질 것 같다고 생각했다. 그런데 조금 적게 버는 대신 일을 줄이고, 내가 좋아하는 일을 하는 지금의 나는 굳이 비싼 스파를 받을 필요를 느끼지 못한다. 어깨와 목도 아프거나 결리지 않다. 누군가 선물한 스파 이용권이 있지만 굳이 필요성을 느끼지 못하니 몇 년째 책상 서랍에서 굴러다니고 있을 뿐이다.

돈으로 살 수 없는 것에서 오는 행복

사실 인간에게 진정한 행복의 감각을 선사하는 대부분의 것들은 돈과는 큰 관계가 없다. 아무리 비싸고 맛있는 미슐랭 3스타 음식점에서 밥을 먹어도 내가 싫어하는 사람과 함께 식사를 해야 한다면 불편할 수밖에 없다. 오히려 좋아하는 사람과 함께 집에서 직접 끓인 된장찌개를 먹는 소박한 식사가 훨씬 더 큰 행복을 준다.

우리가 인류의 영적 스승으로 칭송하는 인물들은 모두 이런 점을 강조했다. 예수, 붓다, 노자가 어떤 삶을 살았는지를 떠올려 보자. 그들 모두 물질적인 삶이 아닌 정신적으로 충만한 삶의 중요성을 강조했다. 붓다는 고타마국의 왕자로 태어나 평생 부귀영화를 누리며 살 수 있음에도 깨달음을 찾기 위해 모든 것을 버리고 출가했다. 그는 85세의 나이로 죽기 전까지 평생 걸식을 통해 생계를 해결했으며 그 무엇도 소유하지 않았다. 그는 물질적 관점으로 보면 누구보다 가난했지만, 정신적으로는 누구보다 행복한 삶을 살았다.

돈으로 환산할 수 없는 것에서 오는 기쁨을 느끼기 위해서는 나 자신이 정신적인 것에서 만족을 느낄 수 있도록, 높은 의식수준의 주파수 상태가 되어야 한다. 『의식혁명』의 저자 데이비드 호킨스 박사는 우리 사회에서 다수를 차지하는 대중의 주파수가 두려움의 레벨을 벗어나기 힘들기에 가난은 청빈함, 소박함보다는 빈곤과 궁핍으로 연결되어 다수의 사람들에게 두려움을 불러일으킨다고 이야기한다.

정신적으로 높은 주파수에 있는 사람들에게 물질적인 것은 그저 수단으로 작용한다. 똑같이 월 100만 원을 쓰며 삶을 살더라도 누군가는 자신이 아주 가난하다 여기며 언제나 부족하다는 마음으로 살아갈 수도, 누군가는 충분하고 풍요롭다고 여기며 삶을 살아갈 수도 있다. 『조화로운 삶』의 저자 니어링 부부는 평생 아주 적은 돈으로 검약한 삶을 살았지만, 그들의 삶은 빈곤하지 않고 충만하며 풍요로웠다.

히피 언니에게 있었던 것

그러니까 나에게 없지만 히피 언니가 가지고 있었던 것은 가난을 빈곤과 궁핍이 아닌 소박함으로 인식하고, 물질적인 것을 그저 수단으로 여길 수 있는 정신적인 자유였다. 정신적인 자유에서 멀리 떨어진 사람일수록 평생 쓰고도 남을 돈을 가지고도 불안해하며 결핍을 느꼈고, 나 역시 더 많은 돈을 모으고 더 많은 연봉을 받을수록 점점 불안해지고 만족하지 못하는 악순환의 굴레로 들어서고 있었다.

언니의 삶을 바라보며 나는 정신의 깊이가 충분히 깊어질 수 있다면, 돈 그릇의 크기를 키우고 그릇을 채우지 않아도 충분히 풍요롭고 만족스러운 삶을 살아갈 수 있다는 사실을 배웠다. 그리고 돈 그릇의 크기를 키우기 위해 노력하는 삶에서 정신의 그릇을 키우는 삶으로 넘어가기 시작했다. 자기계발과 경제경영 책을 읽는 대신 철학과 인문학, 종교와 관련된 책들을 읽었다. 전에는 커리어나 사업에 열중하는 사람들과 대부분의 시간을 보냈다면, 이제는 남들이 뭐라 하든 신경 쓰지 않고 자기가 하고 싶은 것을 하는 사람들, 마음을 바라보고 존재를 돌보는 사람들과 더 많은 시간을 보내기 시작했다. 더 빨리 달려야 한다고 이야기하는 사람을 만날 때면 휩쓸리는 대신 잠깐 멈추고 생각해 보려 했다. 내가 정말 원하는 게 뭘까?

경쟁하듯 그릇을 키우는 삶에서 벗어나니, 그릇을 키우는 것 말고 이 세상을 살며 내가 할 수 있는 것들, 좋아하는 것들이 정말 많았다는 것을 새삼 알게 되었다. 그리고 그것들을 실행하는 데 생각보다 많은 돈이 들어가지 않는다는 사실을, 정말 필요한 건 스쳐 지나가는 작은 것들에 주의를 기울이고 아름다움을 발견할 수 있는 능력이라는 것을 알게 되었다. 요즘 나는 세상의 모든 생명을 발견하는 것에 기쁨을 느낀다. 우연히 지나치던 들풀과 잡초, 예전에는 무섭다고만 생각했던 작은 벌레, 하루도 같은 날이 없는 하늘의 아름다움, 들리는 새소리의 아름다움에 귀를 기울이면 다른 세상이 열린다. 그리고 여기에는 아무런 돈이 필요하지 않다.

'버닝맨'에서 만난 돈 없는 세계 ─────────

"가방에 매달 수 있는 컵 가져왔죠? 여기에서 돌아다닐 땐 컵을 꼭 들고 다녀요. 맥주나 물, 칵테일을 주는 캠프들이 많으니까 목이 마를 땐 캠프에 가서 컵을 주면 원하는 건 다 마실 수 있어요."

'버닝맨'에 벌써 몇 번이나 다녀온 에어비앤비 동료가 버닝맨에 처음 참가하는 우리에게 조언을 해준다. 가방에 매달 수 있는 등산용 컵이 필수품이라길래 챙겨오긴 했는데, 목이 마를 때 컵을 내밀면 물이나 맥주, 심지어 칵테일도 준다니, 그것도 아무 대가도 없이 무료로 말이다. 도대체 왜? 나는 이곳이 이해되지 않았다.

버닝맨에 오기 전 수많은 자료를 찾아보았다. 누군가는 이곳을 거대한 페스티벌이라고 하고, 누군가는 거대한 예술 전시라고, 또 누군가는 커뮤니티라고 이야기한다. 사실 이곳은 그 모든 것이다. 아무것도 없는 사막에 일주일 동안 도시가 만들어진다. 세계 각지에서 모인 수만 명의 사람은 이곳에 모여 일주일 동안 바깥 세계의 규칙은 잊어버리고, 이곳 버닝맨 세계의 규칙을 따르며 살아간다. 다양한 방식으로 자기를 표현하고 조건 없이 주고 받으며, 친구를 만들고 예술을 즐긴다. 그리고 마지막 날 버닝맨의 중앙에 위치한 사원과 목재인형을 불태우며 도시는 흔적도 없이 사라진다.

그냥 주고 그냥 받는 기쁨

배낭에 대롱대롱 컵을 매달고 길을 나선다. 여기저기 다양한 부스들이 보인다. 마침 목이 말라 칵테일을 나눠주는 부스에 다가갔다.

칵테일을 만들던 아저씨가 우릴 반갑게 맞이하며 뭘 먹을 거냐 물어본다. "진토닉!"이라 말하며 가져온 컵을 내미니 아저씨는 웃으며 진토닉을 만들어 컵에 담아준다. "고마워요"라고 말하는데 뭔가 이상하다. 중요한 뭔가를 빠트린 것 같은 느낌이 든다. 도대체 뭐지? 맞다. 돈 내는 걸 빼먹었다. 컵에 한가득 칵테일을 받았는데 '고마워요'라는 한 마디로 퉁친 느낌이 들어서 왠지 불편하다. 나도 뭔가 줘야 할 것 같은데 지금은 당장 줄 것이 없다.

수십 년 동안 살아온 자본주의 세상에서 무엇인가를 아무 대가 없이 그냥 받는다는 것은 이상한 개념이다. 어렸을 때부터 우리는 '과자나 아이스크림 사준다는 사람 따라가면 큰일나'라고 배운다. 이 말은 나에게 아무 조건 없이 잘해준다는 건 분명 다른 의도가 있을 수 있으니 조심해야 한다는 것을 전제로 한다. 우리가 살아가는 세상에서 물건을 사거나 서비스를 받기 위해서는 돈이나 나의 노동력과 재능, 시간을 지불해야 한다. 그런데 이 곳에서는 내가 수십 년간 따라왔던 법칙이 통하지 않는다. 이곳에서는 모두가 자기가 가진 것을 그냥 주고 받는다.

사실 처음 몇 번은 너무 불편했다. '저 사람이 사막에 이 모든 것을 가져와서 우리에게 나눠주기까지 엄청난 노력을 했을 텐데 그냥 이렇게 날름 받아도 되나?' 싶은 생각이 머릿속에 가득했으니까. 그런데 자기가 가지고 온 것들을 나눠주는 사람들의 표정을 보면 그렇게 즐거워 보일 수가 없었다. 맥주와 소시지를 나눠주고, 과자를 주고, 칵테일을 나눠준다고 돈을 버는 건 아니지만, 자기가 준 것을 받고 기뻐하는 사람들과 진심으로 감사를 표현하는 사람들을 보는 것만으로도 즐거운 것이다.

며칠 후 나도 이런 기쁨을 느낄 기회가 생겼다. 내가 참여한 캠프에서 아침에 사람들에게 팬케이크를 만들어 나눠 주기로 한 것이다. 처음에는 살짝 귀찮은 마음이 들기도 했다. 더운데 땀을 뻘뻘 흘리며 팬케이크를 굽고 나눠줄 생각을 하니 그냥 잠이나 더 자고 싶다는 생각이 들었던 것도 사실이다. 그런데 신기하게 팬케이크를 나눠줬을 때, 그걸 기쁘게 받고 감사를 표현하는 사람들을 만나니, 귀찮은 마음이나 하기 싫은 마음은 온데간데없이 사라지면서 재미있고 신나는 마음이 들었다.

펜케이크를 받아가는 사람들은 생전 처음 보는 모르는 사람들이고 팬케이크를 나눠준다고 내가 이들에게 나중에 뭔가를 돌려받을 것이라는 보장 같은 건 전혀 없다. 그런데 그 사실이 오히려 주는 기쁨을 더 크게 만들었다. 일상에서는 누군가에게 뭔가를 줄 때 나도 모르게 기대하는 마음이 생기곤 한다. 기대를 없애려 노력해도 맘처럼 잘 되지 않는다. 뭔가를 받을 때는 이걸 다시 베풀어야 한다는 부담감이 생기기도 한다. 그냥 받고 마음껏 기뻐하면 되는데 '이렇게 받은 걸 어떻게 보답하지?'라는 마음에 온전히 기뻐하기가 쉽지 않다. 그런데 이곳에서는 주고받음에 아무런 기대가 섞이지 않는다. 누군가에게 내가 가지고 있는 것을 아무 기대 없이 주고, 또 누군가가 가진 것을 아무 부담 없이 기쁘게 받는다.

살 수 있는 건 아무것도 없지만, 뭐든지 얻을 수 있는 곳

이곳에서는 아무것도 살 수가 없다. 기본적으로 일주일 동안 생존에 필요한 먹거리나 옷, 물 등은 모두 개인이 챙겨야 한다. 버닝맨의 안내책자에는 만약 놓고 온 것이 있거나 필요한 것이 생겼다면 그

문제를 해결할 수 있는 유일한 방법은 주변 사람들과 친구가 되는 것이라고 소개한다.

살 수 있는 건 아무것도 없지만, 신기하게 뭔가 필요하다고 생각하면 내가 필요한 걸 가지고 있는 누군가가 나타난다. '누군가 내 마음을 읽고 있나?' 하는 생각이 들 정도다. 목이 말라 시원한 음료를 먹고 싶다고 생각하면, 곧장 시원한 칵테일을 나눠주는 사람들을 발견한다. 배가 고픈데 당장 먹을 것이 없어 걱정하고 있다면 신기하게도 금세 먹을 것을 나눠주는 사람들을 만난다.

밤새 춤을 추며 놀다가 새벽이 되어 우리 텐트가 있는 캠프로 돌아가는 길이었다. 밤새 물 한 모금 안 마시고 놀아서 그런지 갈증이 나기 시작했다. 이제 막 새벽이라 사람들도 거의 없고 무엇보다 우리는 캠프촌에서 멀리 떨어진 사막 한 가운데를 지나가고 있었다. 여기에서 물을 구할 수 있는 확률은 거의 없어 보였다. 그런데 마법처럼 멀리 떨어지지 않은 사막 한 가운데 세 명 정도 되는 친구들이 앉아 있는 게 보였다. 혹시 저 친구들이 물을 가지고 있지는 않을까 기대하며 다가갔는데, 맙소사! 사막 한 가운데 아무도 없는 곳에서 그들은 다도를 준비하고 차 마실 사람들을 기다리고 있었다. 사막 한 가운데에서 차 마실 사람을 기다리는 그들도, 사막한 가운데에서 물을 마실 수 있을지 찾고 있는 우리도 서로가 서로를 만난 걸 신기해했다.

그들은 샌프란시스코에 사는 대만계 미국인 친구들이었다. 처음 버닝맨에 참가했을 때 받기만 했던 게 고마워서 뭔가 주고 싶은 마음에 다도를 준비했다고 했다. "그런데 왜 아무도 없는 사막에 있었던 거야?"라고 물으니 "그래서 너희를 만났잖아"라고 대답한다.

그렇다. 이곳에서는 신기하게 원하는 모든 일들이 이루어진다.

이 친구들과 한참을 앉아 이야기를 나눴다. 그리고 다시 또 만날 수 있을 거라고, 기약은 없지만 반가운 인사를 나누고 헤어졌다. 이곳에서 만난 사람들과는 미래를 약속하지 않는다. 대신 만나는 그 순간만은 서로에게 온전히 집중하며 수많은 가면 속에 가려져서 보이지 않던 서로의 진짜 모습을 발견할 수 있도록 돕는다. 사회에서 어떤 일을 하든, 얼마나 대단한 사람이든 중요하지 않다. 아무리 돈이 많아도 여기에서는 아무것도 살 수가 없으니까. 우리는 이곳에서 그냥 주고 받으며 마법 같은 순간을 함께 경험할 뿐이다.

돈으로 환산되지 않는 기쁨으로 살아가기

버닝맨에 다녀온 후, 몸에 작은 타투를 새겼다. 버닝맨 어딘가에서 스치듯 만난 문장이 몇 달 동안 마음에 맴돌았는데, 왠지 이 문장을 몸에 새기면 버닝맨에서 경험한 것들을 잊지 않을 수 있을 것 같았다. 'Here, Right Now, Always(여기에서, 지금, 언제나)'라는 타투의 문구처럼 버닝맨에서 내가 경험한 것의 본질은 지금 이 순간을 사는 것이었다. 미래를 걱정하지 않고 과거를 후회하지 않으며 지금 내가 경험하고 있는 것, 지금 내 앞의 사람에게 온전히 주의를 기울인다. 우리는 돈이 있어야 행복해질 수 있다고 믿지만, 사실 돈이라는 매개체 없이 그냥 주고받는 것이 얼마나 우리의 존재를 풍성하게 해줄 수 있는지를 경험하고 깨닫는다.

물론 버닝맨을 비판하는 목소리도 많다. 상업적인 거래가 이루어지지 않는다고 하지만, 버닝맨에 참가하기 위해서는 꽤 비싼 참가비를 내야 한다. 단 일주일이란 기간, 고립된 사막이라는 장소적 제약이 있기에 일상에서 쓰고 있던 가면을 잠시 벗고 자기를 드러내며, 아무 대가 없이 주고받을 수 있는 것일지도 모른다. 하지만, 적어도 버닝맨에서 일주일 동안 지내며 내가 경험한 것, 돈으로 모든 것이 이뤄지지 않는 세계가 있다는 사실, 이곳에서는 모두가 서로를 존재 그 자체로 대한다는 것, 자신이 표현하고 싶은 대로 자신을 표현할 수 있고 아무 편견과 차별 없이 있는 그대로 받아들여지는 세계를 일주일 동안 만들 수 있었다는 것은 내가 당연하다고 여겼던 것이 어쩌면 당연한 것이 아닐 수도 있다는 자각을 하게 해주었다.

버닝맨의 세계를 떠나 다시 자본주의의 세계로 돌아왔다. 하지만 버닝맨이라는 또 다른 세계를 경험한 나는, 이제 진정한 기쁨은 돈으로 환산할 수 없다는 것을, 아무 대가 없이 주는 것이 우리에게 얼마나 큰 기쁨을 주는지 안다. 이제는 뭔가를 줄 때 그냥 주려고 노력한다. 주는 기쁨을 충분히 느끼면 받을 때에도 그냥 받는다. 어떻게 보답하고 돌려주지 걱정하기 보다는 마음껏 기뻐하고 고마워한다. 언젠가 다시 버닝맨의 세계로 돌아간다면, 새벽에 배고픈 사람들에게 라면을 나눠주는 라면 주점을 만들고 싶다. 언젠가는 이 다짐을 지킬 수 있는 날이 오겠지?

6분의 1로 줄어든 월급으로 행복하게 살 수 있을까? ──

　지독한 번아웃에 퇴사를 고민할 무렵, 나는 도대체 한 달에 얼마를 쓰는 사람인지 항목별로 꼼꼼하게 계산해 본 적이 있다. 매달 갚아야 하는 카드값을 생각하면 당장 회사를 관두는 게 막막하게만 느껴졌다. 계산을 해보니 놀랍게도 카드값의 3분의 2 이상을 차지하는 건 마사지, 병원비, 술값, 택시비였다. 매일같이 야근을 하니 늘 몸이 피곤했고, 피곤하니 보상심리에 비싼 마사지를 받았다. 몇 달에 한 번씩 어깨와 허리가 아파서 이런저런 치료를 받고 침도 맞으니 병원비도 꽤 많이 나왔다. 스트레스를 받으니 술을 마시고 싶고, 술을 마시다 보면 더 마시고 싶고, 그러면 차가 끊기고, 차가 끊기면 택시를 타니 술값과 택시비가 많이 나오는 건 당연한 일이었다. 이 모든 비용을 제외하면 한 달에 내 생활을 위해 필요한 비용은 생각보다 크지 않았다.

　『타이탄의 도구들』을 쓴 작가 팀 페리스는 자신의 팟캐스트 '팀 페리스 쇼(The Tim Ferriss Show)'에서 최저 생계비로 살아보는 경험을 통해 자기 안에 있는 돈에 대한 두려움을 극복하고 삶의 우선순위를 정할 수 있다고 이야기한다. 폭신한 매트리스 대신 싸구려 침낭을 깔고 자고, 갓 내린 원두커피 대신 믹스커피를 마시며, 값싼 햄버거나 피자를 사 먹거나 요리를 직접 해 먹으며 최저 생계비로 살아보는 것이다. 그는 최소한의 생활비로 사는 삶이 머릿속에서 상상하며 두려워했던 것보다 나쁘지 않다는 것을 깨달으며, 돈에 대한 막연한 두려움을 극복하고 삶에서 정말 중요하다고 여기는 것을 선택하는 용기를 낼 수 있었다고 이야기한다.

퇴사를 결심하며, 팀 페리스처럼 최저 생계비로 몇 주 동안 살아 보고자 했다. 주말이면 근처 백화점 와인코너에서 좋아하는 와인을 골라 집에서 혼술을 하는 게 낙이었는데, 와인 대신 편의점에서 4캔에 만 원짜리 맥주를 마셨다. 배달 음식 대신 집에서 간단히 요리를 해 먹었다. 마사지를 받고 싶을 땐 요가 수업에 가서 온 몸을 쭉쭉 펴며 스트레칭을 했고 커피숍 커피 대신 집에서 내린 보이차를 마셨다. 이렇게 쓰는 돈은 훨씬 줄었는데 삶의 만족도나 행복도는 크게 달라지지 않았다. 물론 침대 대신 침낭을 깔고 바닥에서 자지는 않았다. 퇴사한다고 침대 대신 침낭을 깔고 자야 할 정도로 삶이 달라지는 건 아니었으니까.

억대 연봉을 내려놓고, 최저 월급으로 살아가기

퇴사를 했다. 억대 연봉을 받던 회사를 그만두고 친구들과 작은 스타트업을 시작했다. 사업을 시작하며 친구들과 각자 생계를 위해 얼마의 돈이 필요한지 이야기했다. 다행히 우리는 살아가는 데 큰 돈이 필요한 사람은 아니었기에 최저 월급보다 적은 금액을 받아도 충분히 일상을 꾸려 나갈 수 있을 것 같았다. 그렇게 처음 1년은 최저 생활비를 충당할 수 있는 금액을 받았고, 다시 1년이 지나 최저 수준의 월급보다 조금 적은 수준으로 금액을 올렸다. 그리고 그 다음 해에는 회사 일을 파트타임으로 전환하며 월급을 다시 줄였다. 계산해 보니 월급을 가장 많이 받을 때와 비교해 6분의 1로 줄어든 월급을 받으며 생활하고 있었다. 예전의 내가 들으면 깜짝 놀랄 돈을 벌고 있지만 누군가 다시 6배 더 많은 월급을 받던 시절로 돌아가서 그때처럼 살 건지 물어본다면 한치의 망설임도 없이 절대

그러지 않겠다고 대답할 것이다. 수입은 6분의 1로 줄어들었지만 늘어난 행복과 충만함은 그 이상이기 때문이다. 물론 내가 지금 이렇게 적은 돈을 벌면서도 충만할 수 있는 이유는 과거의 내가 열심히 일해서 모은 주식 배당금이 줄어든 수입을 살짝 보조해 주고, 작지만 내 소유의 아파트가 있어서 월세나 전세의 부담에서 자유로울 수 있기 때문이기도 하다. 하지만 그보다 중요한 건 내가 더 많이 가지고 더 높이 올라가야 한다는 소유와 에고의 압박에서 벗어났다는 데 있다.

나와 비슷한 삶을 살아온 사람들은 여기에서 한 단계 더 도약해서 더 좋은 동네의 더 좋은 아파트로 이사를 가고, 더 좋은 차를 사고, 연봉을 높여 커리어의 정점을 찍는 것을 목표로 한다. 하지만 나는 많은 것을 추구하는 삶을 살지 않기로 했다. 대신 지금 나에게 주어진 것들, 지금 이대로의 삶에 충분히 만족하며 다른 가치와 재미를 추구하며 살아가기로 했다. 재테크나 자기계발 강사들이 들으면 무덤에서 벌떡 일어날 말이지만, 이미 가진 것으로도 충분히 만족스럽고 풍요로운 삶을 살고 있으니 무언가를 더 가지기 위해 내 삶을 더 이상 갉아먹으며 살고 싶지는 않다.

정말 소중한 건 모두 그저 주어진다

주기적으로 떠나야 살 수 있었던 시절, 견디고 견디다 긴 휴가를 내고 인도에서 요가 강사 트레이닝을 받은 적이 있다. 그때 함께 코스를 듣던 독일인 친구와 쉬는 시간에 이런저런 이야기를 나눴다. 그녀는 인도 여행을 하다 만난 인도인 남자와 결혼해서 뉴델리에서 살고 있다고 했다. 남편과 그녀 모두 프리랜서 저널리스트였는데,

1년에 4개월만 일하고 8개월은 여행하거나 배우고 싶은 걸 배우고, 쓰고 싶은 글을 쓰며 생활한다고 했다.

그렇게 사는 삶이 너무 부럽다고 이야기하자 그녀는 시간을 맘껏 쓰는 대신, 자신들은 인도에서 주재원이 사는 고급 주택이 아니라 일반 중산층이 사는 주택에 살기에 생활비를 아주 적게 쓸 수 있고, 1년에 4개월만 일해도 인도에서 1년 동안 충분히 살 돈을 모을 수 있다고 말했다. 그녀의 삶이 부러웠지만 두려움에 용기내지 못하던 그때의 나는 내 두려움을 담아, 미래가 걱정되지 않느냐고 물었다. 그녀는 활짝 웃으며 대답했다.

"지금 충분히 행복하고 즐겁게 살고 있기 때문에 미래를 특별히 걱정하지는 않아. 결국 우리가 돈을 버는 이유는 행복하기 위해서 인데, 나를 행복하게 하는 대부분은 돈이 들지 않는 것이야. 이를테면 너와 이렇게 이야기를 나누는 시간, 아침에 마시는 차 한 잔, 좋아하는 책을 읽거나 요가를 수련하는 시간, 산에 가거나 바다를 보거나 하늘을 바라보는 건 사실 돈이 별로 들지 않거든. 돈을 벌기 위해서 내 시간을 좋아하지 않는 것들을 하면서 허비하고 싶지는 않아. 아마 독일에 있는 내 친구들은 델리에 있는 우리 집과 내가 살아가는 모습을 보면 내가 엄청 가난하다고 생각하고 걱정할 수도 있을 거야. 그런데 그건 그들의 기준과 두려움으로 나를 평가하는 거잖아. 나는 지금 충분히 행복하고 내 삶에 만족하고 있어. 그러면 되는 거 아니야?"

시간 부자로 살아가는 삶

독일인 친구는 자기에게 주어진 시간을 돈보다 훨씬 더 중요하게 생각하며, 자기가 가진 시간을 최대한 자기가 좋아하는 것으로 채우고 있었다. 반면 당시의 나는 깨어 있는 시간의 90% 이상을 회사 일을 하거나, 회사와 관련된 사람들을 만나거나, 일 생각을 하며 보냈다. 내 시간이지만 온전히 나를 위해 쓰고 있다는 느낌을 전혀 받지 못했고, 당연히 행복하지 않았다.

『부의 주인은 누구인가』의 저자 비키 로빈과 조 도밍후에즈는 우리가 노동을 통해 돈을 벌며 지불하는 것은 우리가 가지고 있는 유일무이한 자원인 우리의 생명력, 즉 시간이라고 이야기한다. 돈으로 모든 것이 설명되는 자본주의 세상에 살다 보면 돈이야말로 유한하고 희소성 있는 자원이라 생각하기 쉽다. 하지만 이 세상에서 유일한 희소 자원은 바로 우리가 각자 가지고 있는 시간이다. 즉 우리가 정말 지켜야 하는 건 돈이 아니라 시간이라는 것이다.

다행히 요즘 나는 시간 부자로 살고 있다. 요즘 내 삶의 대부분을 채우는 일은 친구가 말했듯 '돈이 들지 않지만, 나에게 충만함을 주는 일'이다. 짝꿍과 함께 알콩달콩 시간을 보내며 맛있는 음식을 함께 해 먹는다. 쓰고 싶은 글을 쓰고 읽고 싶은 책을 읽으며, 하고 싶은 공부를 한다. 하루에 한 번은 산책을 하고 식물을 가꾼다. 원하면 언제든지 가장 저렴한 비행기표를 끊어 어디로든 떠날 수 있지만, 막상 언제든 떠날 수 있다고 생각하니 딱히 떠나고 싶은 마음이 들지 않는다. 과거에는 일상을 견디기 위해 어디로든 떠나야 했다면, 이제는 일상을 견딜 필요가 없으니 떠날 필요가 줄어든 건지도 모르겠다. 덕분에 삶의 행복도는 훨씬 높아졌는데 이 삶을 유지하는 데

들어가는 비용은 확연히 줄어들었다.

가끔 친구들이 너는 도대체 어떻게 살고 있는 거냐고 물어본다. 그럴 때면 몇 년 전 독일 친구가 나에게 해준 것과 비슷한 대답을 해준다.

"사는 데 엄청 많은 돈이 필요한 건 아니더라고. 나는 적게 벌고 시간 부자로 살면서 내가 좋아하는 일들을 더 많이 하는 데서 행복을 찾기로 했어. 이런 생활을 하기 전에는 불안했는데, 막상 해보니까 불안하지 않고 오히려 전보다 더 큰 풍요로움과 안정감을 느껴. 예전에는 더 많이 소유하고 가져야 행복해질 수 있다고 생각했는데, 막상 살아보니 나를 정말 행복하게 해주는 것에는 큰 돈이 들어가지 않더라고"

대부분의 친구들을 내 이야기를 들으며 고개를 갸우뚱하거나, 그건 너니까 가능한 일이라고 이야기한다. 사실 나도 독일인 친구를 보며 같은 생각을 했다. 그건 너니까 가능한 삶일 거라고, 나를 포함한 대다수의 사람에게 그런 삶의 방식은 불가능하다고 말이다. 그런데 돌아보니 그건 선택의 문제일 뿐이었다. 나는 많이 가지고 적게 존재하는 삶에서, 적게 가지고 많이 존재하는 삶으로 건너왔다. 물론 이 방법만이 유일한 정답은 아닐 것이다. 하지만 적어도 지금의 나에게 이 삶의 방식은 정답에 가깝다. 왜냐하면 지금 나는 충분히 행복하고 충만하기 때문이다.

6장

다른 누구도 아닌
나로 살기

작물이 아닌 잡초처럼 살아가기

손에 흙 묻는 걸 싫어하던 나였는데, 직접 요리를 해먹는 일이 많아지면서 식재료에도 신경이 쓰이기 시작하더니 이제는 텃밭까지 관심이 생겼다. 마침 에어비앤비 전 동료였던 채진이 귀농한 '없이 있는마을' 공동체에서 우연히 '누구나 텃밭' 모임을 모집한다는 글을 보았다. 이른 봄부터 초겨울까지 격주로 모여 농사에 대해 배우고, 작은 텃밭을 직접 가꿀 수도 있는 모임이었다. 격주로 광명에서 남양주까지 가는 게 좀 부담스럽기도 했지만, 더 늦기 전에 땅을 만나는 경험을 하고 싶어 망설이지 않고 신청했다.

'없이 있는 마을'은 10가구 정도가 함께 하는 작은 공동체이다. 마을 이름처럼 물질적인 가치보다는 더불어 살아가는 공동체의 가치, 존재의 가치를 함께 만들어 나가는 곳이다. 이곳에서는 많이 수확하기 위한 농사가 아닌, 다양한 생명을 존중하고 토양과 생명의 지속가능성을 생각하는 농사를 배운다. 덕분에 나는 태어나 처음으로 땅을 만나고, 잡초와 씨앗을 만났다. 매일 땅에서 나온 음식을 먹으면서도 한 번도 내가 먹는 것이 어디에서 오는지 깊이 생각해 보지 않았다. 건강한 먹거리에 관심이 생기면서는 생협이나 한살림에서 유기농 표시가 된 먹거리를 사 먹으면 될 거라고 지극히 소비자의 관점에서 생각하기도 했다. 그런 나에게 작은 텃밭은 땅과 씨앗, 그리고 잡초의 이야기를 들려주었다. 눈길도 주지 않고 지나치던 수많은 풀에도 이름이 있고 각자의 쓰임이 있다는 것을, 아주 작은 씨앗에 엄청난 생명력이 숨겨져 있다는 것을, 생태계가 가지고 있는 마법 같은 연결과 보완의 힘을 텃밭을 통해 배워나갔다.

특히나 마음이 간 것은 잡초의 이야기였다. 잡초에 대해 배우며 그동안 내가 잡초를 단단히 오해하고 있었다는 사실을 알았다. 그동안 내가 잡초를 단단히 오해하고 있었다는 사실을 알았다. 그동안 내가 가지고 있는 잡초의 이미지는 귀찮게 뽑아야 하는 것, 쓸모없는 것, 이름 없는 것이었다. 하지만 아무리 하찮아 보이는 잡초라도 모든 잡초에는 자기만의 이름이 있었고, 쓸모가 있었다. 아무도 잡초를 재배하지 않지만 이들은 씨앗을 뿌리고 시멘트 사이를 비집고 올라 잎을 틔우며 스스로 터득한 생존방식을 발휘하여 자신만의 방식으로 자라고 있었다. 잡초에 대해 알게 된 이후, 아파트 화단이나 동네 가로수 틈새, 산책길에서 자신만의 생명력을 뽐내고 있는 잡초가 점점 눈에 들어오기 시작했다. 잡초라고 뭉뚱그려 부르지 않고, 고유한 각자의 이름을 불러주는 것만으로도 사이가 한결 가까워지고 친밀해진 느낌이 들었다.

수많은 잡초 중 유난히 깊은 친밀감을 느낀 잡초는 질경이다. 산책을 하며 무심코 지나쳤던 발밑을 바라보면 어김없이 질경이가 자라고 있다. 질경이의 생명력은 경이로워서 아무리 척박한 환경에서도 푸른 잎이 돋아나며, 밟아도 죽지 않는다. 오히려 갈퀴 모양으로 생긴 씨앗을 자신을 밟고 지나가는 사람의 운동화에 묻혀 씨앗을 퍼트린다. 덕분에 사람들이 자주 지나다니는 산책길이나 등산길에서는 어김없이 질경이를 발견할 수 있다. 게다가 질경이는 좋은 나물이자 샐러드 재료가 되어준다. 너무 크게 자라지 않은 연한 질경이를 뜯어 샐러드로 먹으면 쌉쌀하고 푸릇한 맛이 느껴진다. 살짝 데쳐 고추장이나 된장 양념에 무치면 맛있는 질경이 나물이 된다.

어느 봄 텃밭에 다녀오며 여기저기 자라고 있는 질경이를 한 봉지 뜯어 부모님 댁에 가지고 갔다. 엄마는 질경이를 보며 마치 오랫동안 잊고 있었던 어렸을 적 친구를 만난 듯이 반가워했다. 엄마 어렸을 적에는 지천으로 널린 질경이를 뜯어 나물을 무쳐 먹었다고 하시며 눈 깜짝할 사이에 된장으로 질경이 나물을 무쳐줬다. 불과 수십 년 전만 해도 우리는 자연과 훨씬 더 가까운 관계를 맺고 있었구나 하는 생각이 들었다. 가난하고 부족하다고만 생각했던 엄마의 어린 시절이 조금은 다르게 보였다.

상품으로 길러지는 작물의 삶 vs. 스스로 살아남는 잡초의 삶

우리가 마트에서 만날 수 있는 채소와 과일의 종류는 대략 50~100가지 정도이다. 자연에 있는 수천 가지 다양한 종류의 풀과 열매 중 대량 생산 및 이동과 보관의 용이성, 사람들의 취향 및 채산성을 고려하여 우리가 마트에서 만날 수 있는 채소와 과일의 종류가 결정된다. 이 채소와 과일의 씨앗은 자연이 아닌 실험실에서 만들어진다. 종자 회사는 매년 사람들의 취향을 반영해 품종을 조금씩 개량한다. 최대 생산을 위해 발아율을 일정하게 맞추고, 혹시 모를 종자 복제를 방지하기 위해 이 씨앗에서 자라난 채소와 과일의 씨앗은 열매를 맺을 수 없는 불임 종으로 개량된다.

마트에서 만날 수 없는 수많은 풀들은 뭉뚱그려 잡초로 분류된다. 채소를 재배하는 농부에게 잡초는 제거해야 할 대상이다. 잡초는 대개 생명력이 강하고 질기게 살아남는다. 농부는 자신에게 금전적 이득을 많이 가져다줄 작물을 수확하기 위해 잡초를 베어버리거나 애당초 잡초가 나지 않게 비닐을 덮고 제초제를 뿌린다. 농부는 작물을 애지중지 기르지만 이는 어디까지나 판매를 위해서이다. 작물은 시장에 팔리기 위해 태어났고, 재배된다. 선택받지 못한 작물은 상품에서 쓰레기로 전락해 무더기로 버려진다. 물론, 농부의 이런 선택이 잘못되었다는 이야기는 아니다. 대량재배 시스템 덕분에 우리는 식량 걱정 없이 풍족한 삶을 누릴 수 있으니까 말이다. 하지만, 우리가 쉽고 저렴하게 무언가를 얻는 이면에 어떤 과정이 수반되는지 아는 것은 중요하다.

작물이 철저히 판매되기 위한 상품으로 길러진다면 잡초의 삶은 다르다. 잡초는 돌보는 사람이 없지만 그래서 자유롭고 더 강인하다. 잡초는 자신의 생명을 스스로 개척한다. 상품으로 팔리지 않기에 가격이 매겨지지 않지만, 그건 그 누구도 가격을 매길 수 없다는 것 과도 같다. 잡초는 소비자에게 선택 받지 못했다는 이유로 버려지지 않고 자신의 생명력을 끝까지 지키며 씨앗을 뿌린다. 불임으로 태어난 작물의 씨앗과는 달리 잡초의 씨앗은 생명력을 가지고 있다. 잡초는 그렇게 자신의 생명력을 이어나간다.

값비싼 작물이 되기를 요구하는 사회

작물과 잡초를 보며 우리의 삶을 떠올린다. 내 삶은 작물의 삶인가 잡초의 삶인가? 사회는 작물의 삶을 강요한다. 모두가 같은 교육을 받고, 같은 꿈을 꾸며 더 비싸게 팔리기 위해 경쟁하는 삶. 그 경쟁에서 이겨 비싸게 팔리는 삶이 가치 있는 삶이라 이야기한다. 나 역시 그 삶이 정답인 줄 알고, 비싸게 잘 팔리는 작물이 되기 위해 애쓰며 살아왔다. 나의 상품성은 매년 올라갔고, 어느덧 비싸게 팔리는 작물이 되었지만, 더 비싸게 팔리는 작물이 되는 것은 나의 존재를 전혀 행복하게 만들지 않았다. 돌이켜 생각해 보면 나는 조금 힘겹더라도 나의 힘으로 자유롭게 세상을 살아가는 잡초의 삶을 갈망했던 것 같다.

작물의 삶에 비해 잡초의 삶은 고달프다. 꼬박꼬박 물이나 거름을 주는 사람도 없다. 언제 비를 맞을 수 있을지, 충분한 햇볕을 쬘 수 있을지 불안정하다. 잘못하면 갑자기 뽑히거나 밟혀버릴 수도 있다. 하지만 잡초는 자유롭다. 잡초는 누군가에게 의탁하지 않고 스스로 생명력을 지키며 어떻게든 살아남는다. 잡초는 팔리지 않지만, 자신만의 쓸모를 가지고 있다. 실제로 많은 잡초는 식용도 가능하고 특유의 생명력과 약성 덕분에 좋은 한약재로 사용되기도 한다. 누군가 잡초의 쓸모를 발견한 사람이 있다면, 잡초는 기꺼이 그 쓸모를 위해 자신을 내어준다.

자연의 법칙에서 우리는 언제나 삶의 지혜를 만날 수 있다. 이 세상에 모든 식물이 작물이 되어버린다면, 생태계는 순환하지 않고 멈춰버릴 것이다. 자연에는 작물도 잡초도 모두 필요하다는 것을 우리는 알고 있다. 우리의 삶도 마찬가지다. 더 잘 나가는 작물이 되기 위해 경쟁하고 노력하는 사람도 필요하지만, 시장 논리에서 벗어나 잡초의 삶을 마음껏 살아가는 사람도 필요하다. 어떤 사람에게는 작물의 삶이, 어떤 사람에게는 잡초의 삶이 나답게 살아가는 길인 것이다.

하지만 사회는 작물의 삶을 요구한다. 그것도 값비싸게 팔릴 수 있는 작물이 되라고, 그것이 성공이라 이야기한다. 비싸고 귀한 작물이 되지 않는 삶은 의미나 가치가 없는 삶이라고 겁을 준다. 작물이 되지 못하고 잡초가 된 사람들에게는 노력이 부족하다는 낙인, 게으르다는 낙인, 열심히 '일'하지 않는다는 낙인을 찍어버린다. 우리는 자신의 새싹을 띄우기도 전에 절대로 잡초가 되면 안 된다는 두려움을 안고 세상에 나아간다.

심리학자 칼 로저스는 인간이란 모든 가능성을 품고 태어나는 씨앗과 같다고 이야기한다. 우리는 모두 같은 씨앗으로 태어나지 않는다. 누군가는 잡초의 씨앗으로, 누군가는 과실수의 씨앗으로, 누군가는 시장에서 잘 팔릴 비싼 작물의 씨앗으로 태어난다. 문제는 우리가 이미 안고 태어난 씨앗을 잘 살리고 개성을 발휘해서 살아가는 대신, 더 잘 팔리는 씨앗이 되어 살라고 강요하는 사회 분위기에서 자라고 있다는 것이다. 민들레로 태어난 사람에게 너는 왜 장미가 아니냐 타박하고, 질경이의 씨앗을 가지고 태어난 사람에게 너는 왜 상추나 로메인이 아니냐고 타박한다. 우리는 사회에서 정해 놓은 기준을 맞추기 위해 고군분투하지만 언젠가 내면의 부조화와 결핍을 마주할 수밖에 없다. 아무리 잘 팔리는 사람이 되어도 그건 마찬가지이다. 내 영혼의 목소리를 듣지 않는 삶은 다른 것이 만족된다고 하더라도 어딘가 결핍된 삶이 될 수밖에 없다.

작물의 삶을 멈추고 잡초의 삶을 시작하다

나는 몇 년 전부터 잘 팔리는 작물의 삶을 마무리하고, 잡초의 삶을 살고 있다. 작물의 삶을 살 때에는 '지금 안정적으로 누리는 이 모든 것들이 사라지면 어쩌지'라는 두려움이 있었다. 그도 그럴 것이 따뜻한 온실에서 적절한 수분과 영양분을 섭취하며 자란 작물은 필연적으로 연약해진다. 겉으로는 맨들맨들 때깔 좋고, 키도 크며 열매도 크지만, 실상은 깊게 뿌리내리지 못하고 내린 뿌리조차 그리

단단하지 못하다. 이렇게 보호받은 작물은 외부 충격이 조금만 와도 금방 시들고 생명력을 잃어간다. 작물의 삶을 살던 나도 마찬가지였다. 겉으로는 멀쩡해 보였지만 속은 곪을 대로 곪아 있었다. 그러면서도 강하고 멀쩡해 보여야 한다는 생각에 힘들다는 말도 제대로 하지 못했다. 나는 내 생명력의 전부를 회사를 위해 사용했다. 마치 시장에서 잘 팔리는 열매를 맺기 위해 자기가 가진 모든 에너지를 쏟는 작물처럼 말이다.

잡초의 삶을 사는 지금 나는 더 이상 두렵지 않다. 그 어떤 상황이 닥쳐도 어떻게든 잘 헤쳐 나갈 수 있다는 자신감이 있다. 그럴듯하게 보이고, 잘 팔리는 열매를 맺기 위한 노력을 멈추고, 내가 정말 하고 싶은 것, 내 가슴을 설레게 하는 일을 한다. 아무도 사는 사람이 없어도 괜찮다. 애당초 시장에 팔기 위한 것이 아니니까. 잡초는 겉으로 보기에 좀 허술해 보일 때가 많다. 잎에는 여기저기 벌레먹은 흔적이 보이고, 작물처럼 그럴듯한 모양으로 열매 맺지도 않는다. 하지만 잡초는 자신만의 고유함을 잃지 않는다. 자신만의 방식으로 생존하고 공존하며, 생명력을 전파한다. 흙 속으로 깊고 단단히 자리 잡은 뿌리 덕분에 웬만한 장마나 강풍에도 끄떡없이 자리를 지킨다. 지금 내 모습이 잡초와 닮았다는 사실이 묘하게 뿌듯하고 기쁘다.

불확실한 세상을 태평하게 살아가는 법 ————

얼마 전, 벽에 새끼발가락을 세게 부딪쳐 발가락 골절을 입었다. 고작 1센티도 안 되는 발가락뼈가 부러졌을 뿐인데 불편한 게 한둘이 아니다. 뼈가 조금 부러졌다고 제대로 걷지 못하는 나를 보니 문득 인간이 얼마나 연약한 존재인지 깨닫게 된다. 병원에서는 부러진 부분이 쉽게 엇나갈 수 있는 곳이라 움직이면 위험하다고 커다란 부목에 붕대를 감아주며 한 달 동안은 붕대를 반드시 하고 있어야 한다고 으름장을 놓는다. 제대로 걸을 수가 없으니 연말이라 잡아 두었던 약속을 줄줄이 취소하거나 연기하며 의도치 않은 칩거의 시간을 보냈다.

답답한 마음에 인터넷으로 '발가락 골절'을 검색해 본다. 태어나 처음으로 사람들이 정말 다양한 이유로 발가락 골절을 당한다는 사실을 알게 되었다. 핸드폰을 떨어트렸는데 하필 발가락으로 떨어져서 골절을 당한 사람, 나처럼 벽이나 의자에 발가락을 세게 부딪쳐서 골절을 당한 사람, 걷다 삐끗했는데 골절을 당한 사람, 풋살을 하다 골절을 당한 사람까지 수많은 사람과 사연을 만난다. 세상에 발가락 골절을 당할 수 있는 방법이 이렇게 다양하다는 것에 새삼 놀라며 이쯤 되면 골절을 당한 사람이 이상한 게 아니라, 이렇게 다채로운 위험이 가득한 세상에 살면서도 발가락 골절을 입지 않고 멀쩡히 걸어 다니는 사람들이 더 신기한 것 아닌가 하는 생각까지 하게 된다.

위험한 세상, 안전 모드에 빠져들다
생각해 보면 삶은 그야말로 위험의 연속이다. 게다가 인간은 물리적으로만 보자면 얼마나 연약한 존재인가? 몸이 털로 덮여 있는 대부분 동물과는 다르게 털이 없는 인간은 기온의 변화에 극도로 민감해서 옷이나 난방, 냉방 같은 장치가 없다면 기온이 조금만 떨어져도 추워서 동사할 수 있고, 기온이 조금만 높아져도 무더위에 탈진하거나 열사병에 걸리기 쉽다. 물이 바뀌거나 조금이라도 상한 음식을 먹으면 물갈이를 하거나 식중독에 걸리고, 나뭇가지에 스쳐도 상처 입을 정도로 연약한 피부를 가졌다. 우리 몸을 구성하는 뼈는 아주 섬세하게 연결되어 있는데, 잘못해서 어긋나거나 부러지면 회복되는데 몇 달의 시간이 걸리기도 한다.

인간은 찬란한 문명과 기술을 발명했지만 위험은 여전히 생활의 구석구석에 도사리고 있다. 가장 안전하다고 생각하는 집 안에서도 수많은 위험을 찾을 수 있다. 나처럼 벽에 발가락을 부딪힐 수도 있고, 화장실에서 미끄러져 넘어질 수도, 요리를 하다 뜨거운 것에 데이거나 칼질을 잘못해 상처를 입을 수도 있다. 집을 나서면 위험의 확률은 기하급수적으로 증가한다. 돌부리에 걸려 넘어질 수도 있고, 이상한 이웃을 만나 갑자기 봉변을 당할 수도 있다. 졸음운전이나 난폭운전을 하는 운전자를 만나 사고를 당할 수도, 누군가 던진 병에 맞을 수도, 괜히 싸움에 말려 들어 해를 입을 수도 있다. 가끔 뉴스를 보면 상상할 수도 없었던 기상천외한 일들이 발생하기도 한다. 갑자기 싱크홀 때문에 땅이 꺼져서 멀쩡히 길을 걷다가 땅 밑으로 빠지는 사고를 당하기도 하고, 칼을 들고 다 죽자며 달려드는 괴한 때문에 죽임을 당하기도 한다.

이렇게 연약한 인간의 몸을 가지고 이토록 위험한 세상에 살고 있다고 생각하면 정신이 바짝 들며 이 모든 위험으로부터 안전하게 나를 지켜야 한다는 쪽으로 생각이 기운다. 그야말로 '안전 모드'를 가동하는 거다. 안전 모드로 삶을 바라볼 때, 살면서 마주할 수밖에 없는 모든 불확실성은 잠재적인 위험이 되어버리고, 삶의 목표는 가능한 많은 것을 통제와 예측이 가능하게 바꾸는 것이 되어버린다. 우리가 살고 있는 자본주의 사회에서 통제력을 높이고 예측가능성을 보장해 주는 건 물질이다. 실제로 많은 사람들이 더 많은 돈이 보장해 줄 미래의 안전을 위해 기꺼이 현재의 자신을 희생한다.

발가락을 다친 것을 계기로 마음속 깊은 곳에서 깊은 잠을 자던 안전 모드가 발동된다. 이번에는 발가락 골절 정도로 마무리되었지만 혹시 다음에 더 크게 다치면 어떻게 하지? 혹시 나중에 큰 병에 걸리면 어떻게 하지? 갑자기 부모님이 아프시면 어떻게 하지? 발가락 골절로 시작된 생각은 아직 일어나지도 않은 최악의 상황을 상상하며 수많은 걱정을 만들어 낸다. 갑자기 세상은 무서운 곳, 조심해야 하는 곳, 예측 불가능한 위험한 곳이 되어버린다. 안전 모드가 발동하자 다친 곳은 발가락인데 내 몸과 마음까지 쪼그라들고 움츠러든다. 이렇게 마음이 쪼그라들면 괜스레 통장 잔고를 확인하고 보험 증권을 확인한 뒤, 나에게 닥칠 수 있는 최악의 상황에서 어떻게 해야 할지 시뮬레이션을 해본다. 그러다 가슴이 답답해져 문득 하늘을 올려다보고 땅을 내려다본다. 그러다 알아차린다. 내가 또 안전 모드에 빠져 삶을 통제하고 예측하려 하고 있었다는 것을 말이다.

사실 발가락을 다친 덕분에 오랜만에 여유로운 일상을 보내고 있다. 연말이라 흐트러지기 쉬운 에너지와 시간을 내면으로 돌리며 쓰고 싶은 글을 쓰고 평소에 시간이 없다는 핑계로 못 읽던 책을 읽는다.

한 해를 회고하며 다가오는 한 해를 어떻게 보낼지 생각해본다. 번 번히 잡히던 약속 때문에 제대로 지키지 못했던 자연식물 식단을 지키며 몸을 돌본다. 어쩌면 삶이 나에게 진짜 주고 싶었던 건 발가 락 골절이 아니라, 고요하고 여유롭게 한 해를 마무리할 여유였던 건 아니었을까?

안전 모드로 살아가며 놓치게 되는 것들

안전 모드로 모든 것을 확실히 예측하며 살아가려고 할 때 내가 놓치는 것이 무엇일지 생각해본다. 아마도 그것은 삶, 그 자체일 것 이다. 붓다는 삶이 가지고 있는 속성 중 하나로 무상, 즉 정해진 하 나의 고정된 것이 없음을 이야기했다. 안전 모드를 발동해서 삶을 예측가능하게, 위험하지 않게 고정시키려 한다면 어떻게 될까? 바 다에서 노는 유일한 방법은 파도 타는 법을 배우는 것뿐이다. 파도 가 무서워서 잔잔한 웅덩이를 만든다면 잠시 편하게 수영을 할 수 는 있겠지만, 고인 물은 곧장 썩어버린다. 삶도 마찬가지이다. 삶의 불확실성을 없애고 모든 것을 통제하려는 시도는 큰 바다에서 파도 를 없애려 드는 것과도 같다. 삶을 고정하려 하는 순간, 변화하는 속 성을 가진 삶은 죽고 만다. 삶이 가지고 있는 무한한 창조력과 생명 력이 사라지는 것이다. 삶이라는 커다란 물결 속에서 잘 살아남기 위해 내가 할 수 있는 건 오직 하나, 삶을 믿고 파도를 타는 것이다.

삶을 온전히 신뢰하며 살아간다는 건 어떤 의미일까? 삶을 온전 히 신뢰하기 위해서는 눈으로 보이는 물질 너머를 볼 수 있는 관점 의 확장이 필요하다. 욕구의 계층 이론으로 유명한 심리학자 매슬 로는 모든 인간에게 생존, 안전, 소속, 존중, 자아실현의 욕구가 있다고 이야기한다. 그리고 그는 노년에 자아실현의 욕구 위에 인간이 가지고 있는 마지막 욕구, 바로 자아초월의 욕구에 대해 이야기한다. 자아초월의 욕구는 개인적인 이익을 넘어 더 큰 선을 추구하며 자연이나 우주와의 연결감을 추구하는 것이다. 나라는 존재가 단순히 물질적인 존재가 아니라 영적인 존재라는 것을 아는 것이다.

　이런 관점을 가지고 세상을 바라보면 세상이 조금은 다르게 보인다. 물질적 존재로 나를 한정했을 때 세상은 아주 위험한 곳이 된다. 하지만 나라는 존재가 물질을 넘어선 영적인 존재이고, 우리가 이 삶을 살아가는 이유는 영혼이 보다 다양한 것을 경험하고 그를 통해 성장하며 배우기 위함임을 받아들인다면, 이 삶은 아주 믿음직스러운 학교가 된다. 수많은 역동과 사건이 일어나는 이곳이야말로 우리가 무엇이든 배우고 경험할 수 있는 곳일 테니 말이다.

　겉으로 보기에 비극적인 일도, 그것을 통해 나의 영혼이 무언가를 배우고 성장할 수 있다면 그것은 영혼의 수준에서는 좋은 일일 것이다. 반대로 겉으로 보기에 좋아 보이는 일이 오히려 영혼을 파괴하는 일이 될 수 있고, 영혼은 그 일을 비극이라 여길 것이다. 발가락을 다친 일은 물리적으로는 분명 좋지 않은 일이었지만, 부상이 준 시간적 여유 덕분에 한해를 회고하며 고요하게 마무리할 수 있었으니 오히려 나의 영혼에는 좋은 일이 될 수도 있다.

가장 태평하게 삶을 살아가는 법

　예측 불가능한 세상을 가장 태평하게 살아가는 방법은 내 명의의 아파트도, 죽을 때까지 모든 병이 보장되는 보험증권도, 매달 꼬박꼬박 돈을 주는 상가도 배당주도 아니다. 삶을 온전히 신뢰하는 것이야말로 삶을 가장 태평하게 살아갈 수 있는 유일한 방법이다. 삶을 온전히 신뢰할 때, 무서울 것도, 두려워할 것도 사라진다. 나에게 일어나는 모든 일들을 나에게 일어났어야 할 최선으로 알고 온전히 받아들일 수 있다. 설사 그것이 겉보기에는 안 좋은 일처럼 보여도 그것이 내 영혼의 수준에서는 반드시 필요한 경험이었음을 이해한다.

물론 나는 여전히 종종 불안에 빠진다. 이왕이면 삶이 나에게 좋은 것만 줬으면 좋겠고, 때때로 삶이 시련을 줄 때면 삶을 의심하며 안전 모드에 빠지기도 한다. 하지만 그 때마다 떠올리려 한다. 일어날 일은 일어날 것이고, 경험해야 할 것을 경험할 것이라는 것을, 내가 할 수 있는 건 이 불확실한 삶을 온전히 신뢰하며 즐겁게 춤추듯 살아가는 것뿐이라는 것을 말이다. 변한 건 아무것도 없는데 다시 마음이 태평해진다.

도시 로그아웃, 시골 로그인

　더 늦기 전에 도시를 떠나야겠다는 생각이 들었다. 서울에서 나고 자랐으며, 한 때는 누구보다 도시를 사랑하는 사람이라 자부했다. 도시에 있는 수많은 사람들이 만들어내는 엄청난 에너지가 좋았다. 이곳에서는 누구든 만날 수 있고, 내가 원하는 어디든 갈 수 있었다. 현란한 도시의 익명성과 무자비함에 지칠 때도 있었지만, 도시가 전달하는 무한한 가능성의 에너지, 화려함과 북적임이 좋았다.

　사실 도시의 삶도 나쁘지는 않았다. 사실 그게 문제였다. 나쁘지는 않았지만 좋지도 않았으니까. 한때 사랑했던 도시의 엄청난 에너지는 나를 움직이게 하는 원동력이 되었지만, 언제부터인가 내 속도로 살지 못하게 방해하는 맞바람같이 느껴졌다. 물론 도시의 삶은 편리했다. 지하철이나 버스를 타면 어디든 쉽게 갈 수 있고, 필요한 건 언제든 구할 수 있다. 친구들을 만나기도 좋고, 새벽배송이나 당일배송은 물론 각종 배달 음식까지 손가락만 몇 번 까딱이면 불편할 게 없었다. 사는 집도 나쁘지 않았다. 오래된 구축 아파트이긴 하지만 온전한 내 소유의 집이었고, 주차가 조금 불편하다는 단점이 있지만 내 맘대로 여기저기 꾸미면서 사는 재미가 있었다.

　하지만 아침에 일어나 창문을 볼 때마다 보이는 빼곡한 아파트 숲을 보며 어딘가 답답한 느낌이 들었다. 엘리베이터를 타고 공중부양하듯 올라갈 때마다 땅에서 점점 떨어지는 것 같다는 느낌에 허공을 부유하는 기분이 들었다. 나는 내 속도로 살고 싶었다. 하지만 도시는 내 삶의 속도를 인정하지 않는 듯 계속해서 나를 자극했다. 살펴보니 내 삶에는 더 이상 도시가 필요하지 않았다. 파트타임으로 하고 있는 일은 100% 재택으로 하고 있기에 더 이상 회사에 출근할 필요가 없었다. 삐까삐쩍한 디자인을 자랑하지만 어디를 가든 비슷한 분위기의 카페, 몇 달이면 바뀌는 트렌디한 팝업, 브랜딩을 강조하지만 결국 우리 제품을 사야지 더 힙한 것이라며 불필요한 소비를 부추기는 도시의 상점에도 지쳐만 갔다. 예전에는 걷기만 해도 좋았던 홍대와 연남동, 성수동의 골목길이 더 이상 재미있지 않았다.

도시에서 까칠해진 내가 너그러워지는 유일한 공간은 자연이었다. 주말에 기회가 될 때면 자연에 가까운 곳으로 짧은 여행을 떠났다. 행복했다. 도시로 돌아오는 톨게이트를 지날 때면 빽빽하게 들어선 건물을 바라보며 왠지 모를 숨막힘을 느꼈다. 텃밭 모임을 시작하면서 전원생활에 대한 갈증은 더욱 커졌다.

불안과 두려움의 말에 속지 않기

엄마도, 귀촌 유튜버도, 블로거도, 심지어는 친구들까지도 섣부른 귀촌은 패가망신의 지름길이라 했다. 유튜브에 '귀촌' 혹은 '전원주택'을 검색하면 잘살고 있다는 이야기보다 '이렇게 하면 망한다', '이렇게 해서 패가망신했다'는 이야기가 더 많이 나왔다. 사람들이 하는 말은 늘 비슷했다. 시골은 서울만큼 인프라가 없어서, 마트에서 장을 보는 건 물론이고 배달도 안 돼서 불편하다. 병원 인프라가 부족해서 아프면 큰일 난다. 시골에 살면 할 일이 많아서 일이 끊이질 않는다. 마당이 좋아 보이지만 사실상 잡초와의 전쟁을 의미한다. 각종 벌레도 피할 수 없다. 괜히 덜컥 집이라도 샀다가는 팔기도 어렵고 노년에 고생한다는 조언이었다. 나는 도시를 떠나 자연과 좀 더 가까이 살아보는 실험을 하고 싶은 것뿐인데 사람들은 마치 도시의 삶만이 정답이라는 식으로 이야기했다.

돌이켜보면 내가 정말 하고 싶은 것들에 대한 반응은 늘 이런 식이었다. 대학생 때 인도에 1년 동안 가겠다고 했을 때도 사람들은 여자 혼자 인도에 가면 큰일난다는 식으로 말했다. 잘 다니는 대기업을 퇴사하겠다고 이야기했을 때에도, 안정적인 직장을 다니다 그만둔 다음에 인생 망친 케이스가 얼마나 많냐며 겁을 주는 사람이 있었다. 에어비앤비에 입사하기 위해 싱가포르로 간다고 말했을 때도, 한국 사람들은 깐깐해서 에어비앤비 같은 서비스는 성공하기 어려울 거라고 이야기한 사람이 있었다. 물론, 내 주변에는 내가 뭘 하든 잘할 거라 응원해 주는 사람들도 많았지만, 불안과 두려움을 이야기하는 사람들의 목소리는 유난히 더 크고 강력했다. 이들의 이야기를 귀 기울여 듣고 그들의 조언대로 했으면 지금쯤 내 인생은 어땠을까? 생각만 해도 아찔할 뿐이다.

지금껏 여러 번 사람들이 걱정하는 선택을 하며 살았지만, 후회한 적은 단 한 번도 없다. 더 정확히는 사람들이 걱정하는 상황은 거의 일어나지 않았다. 불안은 언제나 미래에 대한 확실하지 않은 추측을 기반으로 만들어지고, 현실에서 그 일들이 모두 일어날 가능성은 그렇게 크지 않다. 내 삶으로 쌓아 올린 빅데이터에 의하면 내가 정말 하고 싶은 건 일단 해보는 것이 좋았고, 설사 실패하더라도 후회는 없었다. 무엇보다 정말 나에게 맞는지 아닌지 알기 위해서는 직접 경험해보는 것 말고는 방법이 없다. 누군가 아무리 망고의 맛을 잘 설명해도 직접 맛보지 않으면 절대 알 수 없는 것처럼, 유튜브나 글로 보고 누군가의 말을 듣는 것 만으로는 내가 그 삶을 정말 좋아할지 아닐지 결코 알 수 없지 않은가.

시골에 살아보면 알게 되는 것들

그렇게 도시를 떠나 시골로 왔다. '나는 자연인이다'에 나오는 사람들처럼 깊은 산골 오지로 들어간 건 아니다. 내가 원하는 건 집에서 바로 마당으로 나갈 수 있고, 주변이 나무로 둘러싸인 전원주택이었으니까. 1년 동안 열심히 발품 팔며 돌아다닌 끝에 경기도 끝자락에 마음에 쏙 드는 집을 찾았다. 차 타고 10분만 가면 편의점도, 나름 큰 마트도, 병원도 갈 수 있는 시골치고는 아주 편리한 곳인데 집 주변은 나무로 둘러싸여, 집에 있으면 꼭 숲속 깊은 곳에 들어온 느낌이 든다.

시골로 온 덕분에 집도 아주 커졌다. 서재도 생기고, 짝꿍의 목공 작업장도, 옷 방도, 창고 방도, 달리기를 해도 될 정도로 긴 복도도 생겼다. 무엇보다 작은 텃밭과 정원이 생겼다. 과거에 이 집에 살았던 사람들이 정성스레 심어 놓은 나무와 꽃과 허브, 바람을 따라 날아온 수많은 야생화와 잡초까지, 현관문을 나서면 언제든지 자연을 만난다. 매일 밥 먹으러 오는 길냥이와 길냥이 사료를 뺏어 먹는 물까치도 있다. 물론, 전원생활의 묘미인 수많은 벌레들도 만난다. 원래 나는 세상에서 벌레를 가장 무서워하는 사람이었는데, 자꾸 보니 익숙해져서 그런 걸까? 이제 웬만한 벌레를 봐도 예전처럼 깜짝 놀라면서 방방 뛰지 않는다. 심지어는 집에 불시착한 벌레들을 살포시 생포해서 밖으로 구출해주는 여유도 생겼다.

이곳에서 나는 완벽한 집순이의 삶을 즐기고 있다. 특별한 약속이 있지 않는 한 집과 마당을 떠나지 않는다. 그래도 하루 종일 볼 것도, 할 것도 많다. 아침에 일어나면 밥달라고 기다리는 길냥이 밥을 주고 아침을 챙겨 먹는다. 아침을 먹은 후에는 소화를 시킬 겸 청소나

빨래를 한다. 집안일을 마치면 일을 하거나 책을 읽는다. 일주일에 세 번은 동네 요가원에 간다. 동네 요가원이라 가볍게 생각했는데 나를 빼고는 수년 동안 수련을 해온 숙련자들이라 수련을 할 때마다 초보자의 마음으로 돌아가곤 한다. 뭐든 적당히 잘해서 늘 더 잘하고자 애쓰며 살아왔는데, 여기서는 내가 가장 못하니 오히려 자유로움을 느낀다. 내 몸을 알아차리며 쉬어야 할 땐 쉬고, 한계를 넘어야 할 땐 불끈 힘을 내 본다. 요가를 하고 난 후에는 점심을 차려 먹는다. 점심은 주로 혼자 먹으니 간단하게 한 접시 요리를 해 먹는다. 그리고는 못다한 일을 하거나, 글을 쓰거나, 책을 읽는다. 중간중간 길냥이 밥도 주고 마당도 산책한다.

하루에 한 번은 마당 이곳저곳을 둘러보며 나무가, 풀이, 꽃이 어떻게 변해가고 있는지를 관찰한다. 자연은 매일 관찰해도 다르다. 분명 어제까지 흐드러지게 피었던 꽃이 하루 만에 지기도 하고, 아무런 낌새도 없었는데 갑자기 어디선가 환한 꽃이 피어나 나를 놀라게 하기도 한다. 씨앗을 심고 아무 소식이 없어 새가 먹었나 싶었는데, 갑자기 새싹이 나더니 하루가 다르게 쑥쑥 자라는 바질과 콩의 생명력에 놀라기도 하고, 정원을 잡아삼킬 기세로 확장하더니 꽃을 피우고 열매를 맺은 후 급속도로 사그라드는 애기똥풀과 자주괴불주머니를 보며 우리 삶의 모습을 떠올려본다. 아무렇게나 자라난 잡초 가운데서 먹을 수 있는 풀을 발견하면 복권 당첨된 것처럼 신나서 뜯어오기도 한다. 아무래도 나는 텃밭 농사보다 채집이 더 적성에 맞는 것 같다.

다시 도시의 삶으로 돌아가고 싶어질까? 추운 겨울이 되어 내게 위안과 기쁨을 안겨주는 이 모든 생명력이 사그라들어도 여전히 이곳의 삶을 사랑할 수 있을까? 섣부른 추측은 하지 않으려 한다. 삶은 살아봐야만 아는 것이고, 나는 아직 살아보지 않았기에. 어쩌면 도시의 그 강렬한 에너지가 그리워지는 날이 올지도 모르겠다. 그럼 또 그때 나에게 맞는 선택을 하면 된다. 내가 피하고 싶은 건 과도하게 미래를 대비하고 예측하려는 마음으로 진짜 살고 싶은 삶을 끊임없이 미루고 수많은 핑계를 대며 내 선택을 합리화하는 거니까. 일단 지금까지는 시골에 오길 잘했다.

어떻게 살 것인가?

예나 지금이나 서점에서 가장 잘나가는 책은 자기계발서다. 사실 나도 자기계발서 마니아였다. 어렸을 때부터 책을 좋아해서 수많은 책을 섭렵했지만 역시나 가장 큰 동기부여가 되는 건 자기계발서였다. 이 책만 읽으면 마법같이 내가 원하는 나로 변할 수 있다고 하는데 도저히 읽지 않고 지나칠 수가 없었다. 이제 예전처럼 자기계발서를 읽지 않는다. 1년에 정말 관심 가는 작가나 출판사의 책을 한두 권 정도 읽는 것이 전부다. 웬만한 자기계발서는 다 읽어서 제목만 봐도 내용이 대충 어떨지 알 수 있기도 하고, 아무리 읽어도 자기계발서에서 이야기하는 내용대로는 절대 하지 않을 것이라는 걸 알고 있기 때문이기도 하다. 그리고 무엇보다 이제 더 이상 자기계발서에서 정의하는 성공과 성장의 개념에 동의할 수 없는 인간이 되었기 때문이기도 하다.

사회가 정답이라고 규정짓는 가치는 끊임없이 변하고, 자기계발서는 빛의 속도로 사회가 정한 성공의 기준에 걸맞은 사람이 되는 방법을 쏟아낸다. 한 사회에서 다수가 중요하다고 생각하는 가치는 사실 사회의 구조를 현재와 같이 유지하는 데 도움이 되는 지배자를 위한 가치인 경우가 많다. 하지만 나를 포함한 대부분의 개인은 사회가 자신에게 특정한 가치를 믿도록 강제했다는 것을 알아차리지 못하고 사회가 개인에게 주입하는 신념을 무의식적으로 흡수해서 내면화한다. 그것이 자기 것이 아님에도 불구하고 반드시 지켜야 하는, 달성해야 하는 절대 법칙처럼 사회가 요구한 규칙에 따라 성공의 사다리를 오르기 위해 노력한다.

사회의 다수가 그렇다고 믿으면 그것의 진실 여부와 상관없이 우리는 그것을 사실로 인식한다. 지금 우리가 너무 당연하다고 믿는 것들, 이를테면 여성의 참정권이나 노예제도의 불합리성, 피부색으로 인종을 구별하고 차별하는 것과 LGBTQ에 대한 차별 등은 수십 년 전만 하더라도 너무 당연한 것들이었다. 그 시대를 살았던 사람들이 특별히 부도덕하고 못된 사람들이라 그런 게 아니라 사회 구성원의 대다수가 당연히 그러하다고 교육받았고 믿었기 때문에 굳이 의심하지 않았던 것이다. 사회심리학자 솔로몬 애쉬는 선의 길이를 비교하는 간단한 문제를 통해 사람들이 얼마나 집단의 의견에 취약한지를 실험했다. 정답율이 99%에 달하는 쉬운 문제였지만, 방에 있는 다른 사람들이 오답을 말하자 정답율은 급속히 떨어졌다. 이 실험은 18번 시행되었는데 한 번도 틀리지 않게 답한 사람은 불과 24%밖에 되지 않았다. 정답이 아주 확실한 문제에 대해서도 우리는 이렇게 타인의 의견에 영향을 받는다. 정답을 알 수 없는 수많은 삶의 선택에 대해서는 말할 것도 없다.

세상을 살아가는 세 가지 방법

어떻게 살아야 하는지에 대해서도 마찬가지이다. 우리는 너무 쉽게 사회가 주입한 성공의 기준을 내면화하며 그렇게 살아야 한다고 자신을 가스라이팅한다. 남이 하는 가스라이팅보다 무서운 건 스스로에게 하는 가스라이팅이다. 나는 더 이상 스스로에게 가스라이팅하며 나를 사회가 원하는 이상적인 사회인의 모습에 욱여넣지 않기로 했다. 내가 존재하고 싶은 대로 존재했는데 우연히 사회가 원하는 트렌드와 잘 맞아 성공한다면 감사한 일이지만, 사회적 성공을 위해 나의 기질과 가치를 타협하지 않겠다는 다짐이다. 어찌 보면 내 맘대로 살겠다는 군건한 다짐일지도 모르겠다.

이 관점으로 세상을 보면 성공을 조금은 다른 각도로 바라보게 된다. 사람들의 다양한 삶의 모습을 성공과 실패라는 이분법적인 시각으로 보는 대신, 성공이 마냥 성공이 아니고 실패도 마냥 실패가 아닐 수 있다는 것을 알아간다. 이 관점으로 나는 삶을 살아가는 세 가지 방법이 있다는 것을 알게 되었다.

가장 먼저 내가 타고난 기질과 사회가 요구하는 성공의 기질이 잘 맞아떨어지는 경우다. 이때 개인은 자신의 타고난 성향을 바꾸거나 애써 자신이 아닌 척 연기할 필요 없이 사회적인 성공과 동시에 개인적 성공을 거둘 수 있다. 아마도 1% 미만의 사람들이 여기에 속하지 않을까? 이를테면 일론 머스크나 자신의 음악을 통해 성공한 뮤지션 같은 사람이 이 카테고리에 속할 것이다. 나는 일론 머스크를 좋아하는데 그가 가장 부자여서도, 세상에서 가장 혁신적인 기업을 만들어서도 아니다. 나는 그가 세계에서 제일 큰 부자가 되었고 가장 혁신적인 기업을 운영하고 있음에도 여전히 자신만의 '또라이' 같은 기질을 간직하며 타협하지 않는 것이 좋다.

만약 그가 1,000년 전에 태어났다면 지금과 같은 성공을 거둘 수 있었을까? 세계적으로 인기를 얻고 있는 K-POP 스타와 안무가를 생각해봐도 그렇다. 수백 년 전, 아니 수십 년 전만 하더라도 예술적인 끼를 가진 사람들이 세계적으로 성공할 기회는 흔치 않았다. 기껏해야 악단에서 양반들을 위한 흥을 돋우는 역할, 여자라면 기생이 그들의 끼를 발휘할 수 있는 유일한 직업이었을 것이다. 하지만 지금은 어떤가? 끼가 있다면 이제 국경을 가리지 않고 인기를 얻고 팬덤을 구축할 수 있다. 세계적인 명성을 얻게 되면 돈 역시 저절로 따라온다. 이렇게 한 사람의 성공은 그 자신이 가지고 있는 재능과 시대적 요구가 만났을 때 빛을 발한다.

물론 대다수의 사람은 여기에 속하지 못한다. 개인이 가진 고유함은 한 시대가 포용하기에는 너무나 다양하기 때문이다. 이때 우리는 두 번째 선택을 할 수 있다. 자신이 원래 타고난 기질과 재능은 무시하고, 시대적 트렌드에 자신을 욱여넣는 것이다. 사회가 제시하는 정답이 자기가 원하는 삶이라 스스로 세뇌하며 그것을 얻기 위해 자신을 맞추고 때로는 갈아 넣는다. 나 역시 여기에 속해 있었고, 사실 지금도 어느 정도 발을 걸치고 있다. 물론 더 이상 이렇게 살고 싶지 않아 이제는 여기에서 좀 빠져나오려 하는 중이지만 말이다.

이 유형의 사람들은 자기 스스로 세뇌하며 셀프 가스라이팅을 하는 데 선수급 재능을 가지고 있다. 의사가 유행하면 어렸을 적 보았던 드라마를 떠올리며 그때부터 내 꿈은 의사였다고, 내 꿈은 훌륭한 의사가 되는 것이라 세뇌를 하고 교사가 유행하면 아이들에게 좋은 영향력을 끼치는 교사가 되는 것이 행복을 얻을 수 있는 유일한 방법인 것처럼 자신을 세뇌한다. 이런 세뇌 작업은 너무 교묘하고 무의식적이라 알아차리기가 너무 어렵다. 그래서 대부분의 사람은 사회에서 정하는 평균에 맞추는 것이 행복해질 수 있는 최선의 방법이라 믿어 의심치 않으며 그렇게 살기 위해 적성에 맞지 않는 일을 하며 하루하루 자신의 생명력을 잃어간다.

그리고 마지막으로 사회가 뭐라고 하든 상관없이 자기가 태어난 모양대로, 자신만의 고유한 기질을 따라가는 사람들이 있다. 나는 이때 삶이 예술이 된다고 생각한다. 어찌 보면 가장 불운하지만, 가장 행복한 사람들이 이렇게 사는 사람들 아닐까? 이 사람들은 누군가에게는 이단아로, 또 다른 누군가에게는 루저로, 또 다른 누군가에게는 또라이로 보일 수도 있다. 하지만 이들은 안다. 그렇게 사는 것만이 자신답게 살 수 있는 길이라는 것을. 물론 먹고 살아야 하기에 어느 정도 타협을 하기도 하지만, 기본적으로 이들에게는 사회적 가치나 기준보다는 자기가 정한 가치나 기준이 훨씬 중요하다. 그래서 남의 말에 쉽사리 흔들리지 않고, 고집불통처럼 보이기도 하며 때때로 시대에 뒤떨어진 구닥다리처럼 보이기도 한다. 사회적으로 '좋다'고 여겨지는 룰을 따르지 않으니 때로는 사회부적응자로 보이기도 하고, 무능하다고 비판받기도 한다. 사실 이 모든 비판을 견디면서도 이 카테고리에 남아있기는 쉽지 않은 일이다.

이 마지막 카테고리에 속한 사람 중 드물게 성공한 사람들이 나오기도 하는데 그건 그들이 변했다기보다는 끊임없이 변하는 사회의 트렌드가 어쩌다 우연히 이들이 속해 있고 추구하는 가치와 합이 맞았기 때문이라고 보는 것이 더 맞을 것이다. 문제는 이렇게 한 번 사회적 성공을 맛본 사람들은 그 맛을 잊지 못하고 계속해서 시대적 트렌드에 자신을 끼워 맞추며 자기가 경험했던 성공을 이어가려고 한다는 것이다. 세 번째 카테고리에 속했던 사람들이 시대적 변화에 맞춰 첫 번째 카테고리에 잠시 속하는 성공을 맛본 후, 다시 세 번째 카테고리로 돌아오지 못하고 두 번째 카테고리로 이동하는 것을 쉽게 볼 수 있다. 반짝거리던 사람들의 눈에서 반짝거림이 사라지는 모습을 지켜보는 건 꽤나 슬픈 일이지만 한편으로는 경고음이 되기도 한다.

가볍게 낙하할 수 있는 사람으로 살고 싶다

그래서 나는 어떻게 살고 싶은가 하면 세 번째 카테고리에 속한 인간으로 살고 싶다. 그러다 시대적 트렌드가 잘 맞으면 잠깐 첫 번째 카테고리에 속하는 행운을 누릴 수도 있겠고 아닐 수도 있겠지만, 곧 다시 세 번째 카테고리로 가볍게 낙하할 수 있는 사람이 되고 싶다. 사실 말은 쉬워도 엄청 어려운 일이다. 자신이 추구하는 가치나 삶의 방식이 사회가 바람직하다고 여기는 방식이 아님에도 그것을 끊임없이 추구하기 위해서는 자기가 뭘 원하는지 아주 명료하게 알아야 할 뿐 아니라 남이 뭐라든 신경 쓰지 않을 수 있는 자존감이 필요하기 때문이다.

아무리 내 마음대로 살기로 했지만 그래도 종종 '이렇게 내 맘대로 살다가 인생 망하면 어떻게 하지?'라는 불안이 불쑥 올라올 때가 있다. 다행히 그럴 때마다 '그렇게 살아도 괜찮아'라고 말해주는 인생의 스승들이 있다. 내가 불안할 때 떠올리는 스승들은 붓다, 예수, 니체, 소로우, 에피쿠로스, 니어링 부부 등인데 이들이 공통점은 모두 자신이 살았던 시대의 기득권, 사회가 옳다고 이야기하는 삶의 방식에 순응하지 않고 자기가 옳다고 여기는 삶을 살았다는 점이다. 붓다는 당시 기독권이었던 힌두교의 철저한 계급주의와 고행주의를 비판하며 계급에 상관없이 출가를 허용했다. 뿐만 아니라 남녀차별이 극심했던 당시 시대로는 파격적으로 여성의 출가를 허용하기도 했다. 예수 역시 당시 기득권이었던 바리새인과 사두개인들이 율법주의에 집착해서 진정한 신앙의 의미와 사랑을 실천하지 않는다며 비판했다. 200여 년 전을 살았던 소로우의 삶을 통해서도 용기를 얻는다. 소로우는 하버드 대학을 졸업했고, 원한다면 좋은 회사에 취업하거나 사업을 해서 부와 명예를 얻을 수도 있었지만 사회적 성공을 좇을 때 직면할 수밖에 없는 부조리를 마주하고는 자신의 신념을 굽히지 않고 몸을 쓰는 노동과 자급자족으로 삶을 꾸려갔다.

나는 이들에 비하면 여전히 많은 것들을 타협하며 살아가지만, 이들의 삶을 비춰보며 좀 더 사회가 시키는 대로 하지 않아도 괜찮다는 것을, 좀 더 내 맘대로 해도 된다는 것을, 결국 내 삶을 평가할 수 있는 사람은 오직 나뿐이라는 것을 알게 된다.

그래서 나는 지금 내 마음대로 산다. 일주일에 이틀 정도 일하고, 남은 시간은 책을 읽고 글을 쓰고 요가를 한다. 텃밭에 있는 재료들을 모아서 이것저것 나만의 요리를 한다. 밥 먹으러 오는 길냥이 밥을 준다. 자연을 바라보며 멍을 때린다. 있는 그대로 보며 사는 삶이란 어떤 것인지 생각하는 데 아주 오랜 시간을 쓴다. 효율성이라고는 단 하나도 찾아볼 수 없는 시간이지만, 이 시간이 존재함으로 비로소 살아있음을 느낀다.

AI 시대에도 가치 있는 인간이 되는 법 ─────

모두 세상이 변하고 있다고 말한다. 앞으로 우리가 마주하게 될 미래는 차마 상상할 수도 없는 새로운 것으로 가득 차 있을 것이라 이야기한다. 20년 전으로 돌아가서 지금은 있는데 그때는 존재하지 않았던 것들을 생각해 본다. 스마트폰, 카카오톡, 페이스북, 인스타그램, 트위터, 유튜브, 우버, 쿠팡, 토스, 에어비앤비, 새벽 배송, 구글맵, 지메일… 모두 20년 전에는 존재하지 않았던 것들이다. 예전에는 새로운 곳에 가기 위해서는 종이 지도를 보거나 이미 그곳에 가 본 사람에게 가는 법을 자세히 물었어야 했다. 길을 잃으면 표지판을 찾으려 두리번거리거나 지나가는 사람을 붙잡고 물어보고, 직감을 믿으며 무작정 걸을 수밖에는 없었다. 요즘은 사이비 종교를 포교하려는 사람 빼고는 아무도 모르는 사람에게 길을 물어보지 않는다. 더 이상 무거운 『론리플래닛』을 들고 여행을 다닐 필요가 없어졌고, 친구의 소식을 묻기 위해 전화를 걸거나 편지를 보낼 필요가 없어졌다. 애써 알려 하지 않아도 우리는 인스타그램과 페이스북을 통해 서로의 일상 깊숙한 곳까지 이미 공유하고 있으니까.

지난 20년이 스마트폰으로 촉발된 정보 혁명의 시기였다면, 앞으로 20년은 AI가 몰고 올 인공지능 혁명의 시기가 될 것이라 이야기한다. 지난 20년 동안의 변화도 놀라운데, 전문가들은 앞으로 변화의 속도와 강도가 훨씬 더 클 것이라 이야기한다. 우리를 두렵게 만드는 변화 중 하나는 직업의 소멸이다. 과거에는 AI의 발달로 반복 작업을 요구하는 직업이 사라지고, 창의력이 필요한 직업은 살아남을 것이라 예측하곤 했다. 하지만, 그 예측은 보란 듯이 빗나갔다. AI는 그 누구보다 빠르게 코딩하고 함수를 만들어 내는 건 물론이고, 몇 개의 아이디어만 던져줘도 알아서 그림을 그리고 디자인을 한다. 주제만 던져주면 몇 분 이내로 그럴듯한 에세이를 써 내려간다. 통번역도 수준급에 그 어떤 대화 주제를 던져도 해박한 지식을 자랑하며 토론할 수 있을 정도다. 이쯤 되면 점점 현실 자각이 되기 시작한다. AI는 정말 지구상에 있는 모든 직업을 집어삼킬 수 있을지도 모른다고, 수많은 사람들이 순식간에 직업을 잃어도 이상하지 않을 세상이 어쩌면 바로 저 너머 코너에서 우리를 기다리고 있을지도 모른다고 말이다.

사람들은 직업이 사라진 후 어떻게 먹고 살아야 할지를 걱정하며, 벌써 부지런히 이런저런 대책을 세우기 바쁘다. 중요한 일이다. 직업은 곧 생존이 걸린 일이고, AI 혁명은 더 큰 빈부격차를 가져올 수 있기 때문이다. 하지만 AI가 가져올 수많은 직업의 대체는 단순히 경제적 타격을 가져오지만은 않을 것이다. AI로 인해 우리가 소중히 여긴 직업이 사라지고, 내가 며칠 혹은 몇 주에 걸쳐서 해야 했을 일이 단 몇 분 만에 처리되었을 때, 경제적 불안과 더불어 우리가 느끼게 될 가장 큰 고통은 무가치함일 것이다. 오직 나만 할 수 있을 것이라 생각되던 일이, 나에게 만족을 주었던 일이, 긴 노력 끝에 얻은 결과물을 보고 만족했던 일이 AI로 너무나 쉽게 대체될 때, 스스로의 존재 가치에 의구심을 품지 않은 채 순순히 자신의 자리를 내어줄 수 있을까?

AI 시대에 글을 쓴다는 것

나는 AI로 인해 가장 빠르게 대체될지도 모르는 일을 하고 있다.

스쳐 지나가는 생각들을 부여잡아 글로 옮겨 적는 일이다. 요즘은 종종 AI에게 글을 써보라고 지시하기도 한다. 몇 분, 아니 몇 초도 걸리지 않아 그럴듯한 에세이 한 편을 만들어낸다. 반면에 나는? AI가 단 몇 분이면 뚝딱 해치울 수 있는 몇 문장을 쓰기 위해 때로는 몇 시간을, 운이 나쁘면 며칠을 고민한다. 그렇게 써 내려간 글이 맘에 들지 않을 때도 많다. 생각을 부여잡았는데 그 생각이 연결되지 않고 끊겨버릴 때도 있고, 어떤 기억에서 막혀서 더 이상 진전되지 않을 때도 있다. 차라리 AI처럼 기억을 마음대로 지어낼 수 있다면 편할 텐데, 막혀버린 기억은 마음대로 지어내지지도 않으니 실마리가 풀릴 때까지 기다리는 수밖에는 없다. 이렇게 글을 써 내려가는 과정이 두둑한 경제적 보상을 주는 것도 아니고, 내가 쓰는 글을 수많은 사람들이 읽어준다는 보장이 있는 것도 아니다. 어쩌면 내 글을 정독하는 유일한 독자는 나 하나밖에는 없을지도 모르겠다. 하지만, 아무런 경제적 이득도, 유명세도, 관심이 없더라도 나는 글을 써 내려간다.

글을 쓰는 과정을 통해 기억을 재구성하고, 미처 발견하지 못했던 의미를 발견해 낸다. 절대로 용서할 수 없다고 생각했던 사람이 사실 내 인생의 커다란 기회의 문을 열어주었음을 알아차리고, 다시 돌아가고 싶지 않았던 시절 덕분에 삶의 다양한 관점을 발견할 수 있었다는 사실을 발견한다. 재구성되고 의미가 부여된 기억은 상처받은 어린아이처럼 그곳에 머물러 있는 대신, 내 삶의 든든한 지원군이 된다.

여기저기 흩어져 있는 관점들과 생각에 내 경험과 생각을 덧붙여 나만의 새로운 관점을 만들어 보기도 한다. 두 번째로 전구를 발명했지만 잊히고 만 발명가처럼, 내가 이야기하는 관점이 아주 독창적이거나 새롭지 않더라도 괜찮다. 어딘가에서 보고 비판 없이 받아들인 누군가의 새로운 관점보다, 긴 사유의 과정을 통해 스스로 정립한 나만의 진부한 관점을 가지는 편이 더 나으니까. 고유성을 결정짓는 건 속도가 아닌 진실성이고, 진실성은 결코 복제될 수 없으니까.

AI로 인해 분명 세상은 변할 것이다. 누군가는 이 거대한 트렌드에 올라타서 어떻게 커리어를 발전시킬지, 새로운 사업을 어떻게 시작할지 고민한다. 나는 어떻게 하면 아무런 가치를 만들어 내지 않아도 나의 자존감을 지킬 수 있는지, 어떻게 나라는 존재만으로도 충분하다고 느낄 수 있을지 고민한다. 점점 빨라지고 가속화될 세계에서 역설적으로 나는 천천히 내 안으로 들어간다. 발견되어야 할 이야기들, 재구성되어야 할 기억들, 연결되어야 할 생각들과 함께 더욱 깊이 침잠한다. 깊이 내려간 그곳에는 나의 존재가 있다. 존재에게 필요한 건 오직 발견되는 것, 알아차려지는 것뿐이다. 존재의 바깥에서 중요하게 생각되었던 모든 것, 그러니까 인정, 효용, 관심 같은 것이 이곳에서는 더 이상 힘을 갖지 않는다. 아무런 목적이 없어도, 누가 인정해 주지 않아도 발견되었다는 것 하나만으로, 존재한다는 사실 하나만으로 나는 모든 것이 괜찮다는 것을 알게 된다.

이 존재를 만나기 위해 돈이 되지 않아도, 누가 봐주지 않아도 글을 쓴다. 이 비효율적이고 비생산적인 과정을 통해서 나는 비로소 내 존재를 느낄 수 있다. 언젠간 AI가 내가 하는 일도, 내가 맡은 역할도 대체할 것이다. 하지만 그 무엇이 되지 않아도 존재 자체로도 충분하다는 이 감각을 느끼는 한 나는 괜찮을 것이다.

인도를 여행하던
스물한 살 때,

서른 살 나이의 언니를 만난 적이 있다. 언니는 서른 살이 되었지만, 여전히 자기가 뭘 원하는지 어떤 삶을 살고 싶은지 잘 모르겠다고 했다. 건방진 스물한 살의 나는 서른 살의 언니를 이해할 수 없었다. 원래 서른 살 정도 되면 어떻게 살아야 하는지, 뭐가 되고 싶은지 정도는 빠삭하게 알아야 하는 거 아닌가? 심지어 스물 한 살인 나도 어떻게 살아야 할지 알고 있다고 생각하면서 말이다.

삶에 정답이 있다고 믿었던 스물한 살의 나는 정답을 살면 모든 것이 해결될 거라 믿으며 정답을 따라 살았다. 그런데 정답이라고 믿었던 삶을 살수록, 내 삶은 점점 더 깊은 수렁으로 들어가는 것 같았다. 더 열심히 일을 하고, 돈을 벌고, 좋아하는 일을 찾고, 그럼 행복해야 하는 게 아닌가? 그런데 왜 내 삶은 점점 더 불행해지는 거지? 그렇게 나는 번아웃과 함께 찾아온 무기력과 냉소, 허무함과 함께 5년이라는 시간을 보냈다.

길다면 길고 짧다면 짧은 5년이란 시간을 수렁 속에서 허우적댄 후에야 나는 비로소 서른 살의 언니를 온전히 이해하게 되었다. 삶에는 단 하나의 정답이 없다는 것을, 한때 정답이라 믿었던 것이 지금의 나에게는 오답이 될 수도 있다는 것을, 수많은 사람들이 정답이라 여기는 것이 내게도 정답이 될 수는 없다는 것을, 그러니 진짜 내 삶을 살기 위해서는 답을 찾으려 노력하는 대신, 내 존재가 하는 말에 귀기울여야 한다는 것을 말이다.

정답을 안다는 오만함이 사라진 자리에서 이 책을 쓰기 시작했지만, 오만함이 사라진 곳에는 행여나 내가 쓰는 글이 특정한 삶의 모습과 방향을 강요하고 있는 건 아닐까 하는 자기 검열이 남았다. 이 책에서 이야기하는 삶의 태도와 방향, 어떻게 살아야 할지에 대한 생각들은 나의 존재가 나에게 들려준 이야기이다. 이 세상에 존재하는 수많은 사람들의 숫자만큼이나 삶의 방향도, 모양도, 우선순위도 다를 것이다. 그러니 이제는 책을 덮고, 책의 내용은 모두 잊어버린 다음, 자신의 존재가 이야기하는 목소리가 무엇인지 듣는 시간을 보내기를 바란다.

마지막으로 이 책이 나오기까지 12년이란 시간이 걸렸다. 책을 쓰겠다고 자신 있게 약속했지만 책 쓰는 일은 늘 일이라는 우선순위에 밀리곤 했다. 쓰기로 한 책의 주제는 달리기에서 여행으로, 여행에서 번아웃으로 계속해서 바뀌었지만 이제라도 약속을 지킬 수 있어서 정말 다행이다. 긴 시간 동안 보채지 않고 믿고 기다려 주신 이야기나무 김상아 대표께 감사의 인사를 전하고 싶다.

번아웃을 지나
점점 푸르게

초판 1쇄 인쇄 2024년 10월 7일
초판 1쇄 발행 2024년 10월 10일
지은이 김은지

발행처 이야기나무
발행인 및 편집인 김상아
기획/편집 장원석
디자인/일러스트 보리차룸
홍보/마케팅 조재희, 이정화, 이소현
인쇄 우리인쇄

등록번호 제25100-2011-304호
등록일자 2011년 10월 20일

주소 서울시 마포구 연남로13길 1 레이즈빌딩 5층
전화 02-3142-0588
팩스 02-334-1588
이메일 book@bombaram.net
블로그 blog.naver.com/yiyaginamu
인스타그램 @yiyaginamu_
페이스북 www.facebook.com/yiyaginamu

ISBN 979-11-85860-69-5 [03810]

값 18,000원